Isabella Bossi Fedrigotti

Der Tag, an dem er ging

PIPER ORIGINAL

Isabella
Bossi Fedrigotti

Der Tag, an dem er ging

Roman

Aus dem Italienischen von
Monika Lustig

Piper München Zürich

Von Isabella Bossi Fedrigotti liegen im Piper Verlag außerdem vor:
Liebling, erschieß Garibaldi! (Serie Piper 2331)
Unter Freundinnen (Serie Piper 3342)
Zwei Schwestern aus gutem Hause (Serie Piper 3541)

Deutsche Erstausgabe
Juli 2003

Titel der italienischen Originalausgabe:
»Cari saluti«, Rizzoli, Mailand 2001

Satz: Satz für Satz. Barbara Reischmann, Leutkirch
Druck und Bindung: Clausen & Bosse, Leck
Printed in Germany ISBN 3-492-27056-5

www.piper.de

Den geliebten Bewohnern der hinteren Zimmer

Beatrice

Unverhofft sind aller Augen auf mich gerichtet. Innerhalb von nur einer Woche ist mein jahrelang gehegter Wunsch in Erfüllung gegangen: Jetzt gelte ich ganz offiziell als seine Verlobte. Sie statteten mir Besuche ab, riefen mich an und schrieben mir. Sie stellten mir Fragen, zuerst mit Respekt und Takt, behutsam und mitfühlend, dann wurden sie immer beharrlicher, ungeduldiger und ungläubiger. Am Ende bedrängten sie mich richtiggehend, beinahe gewaltsam.

Es ist unmöglich, daß du nichts weißt. Du mußt uns einfach sagen, was du weißt. Ist dir das klar? Ausgerechnet du! Du müßtest ihn doch am besten kennen, oder nicht? Bist nicht du diejenige, die ihm am nächsten stand? Habt ihr euch etwa nicht jeden Tag gesehen? Dir wird er es gesagt haben, es kann nicht sein, daß er dir nichts gesagt hat. Du hättest doch etwas begreifen oder zumindest ahnen müssen.

Worte wie weibliche Intuition, Herzensbildung und Sprache der Gefühle nahmen sie in den Mund: ausgerechnet sie, die immer so wenig Gefühl gezeigt haben, besonders mir gegenüber. Eigentlich ist es zum Lachen, wäre mir nicht zum Heulen zumute.

Er wird dir doch seine Sorgen, seine Ängste und seine Pläne anvertraut haben: Was für eine Verlobte wärst du denn, wenn es nicht so wäre? Denk noch einmal nach, versuch, dich an irgendein Wort von ihm, ein Detail, ein beliebiges Indiz zu erinnern. Es ist einfach unmöglich, daß du völlig im dunkeln tappst. Streng dich an, dazu bist du sogar verpflichtet.

Ich soll für alles den Kopf hinhalten. Sie sind sauer auf mich, nicht nur, weil ich nichts weiß, sondern auch, weil sie mich in gewisser Hinsicht für das Geschehene verantwortlich machen. Ihr werdet euch gekabbelt haben, es wird zu Unstimmigkeiten, einer Auseinandersetzung, einem Mißverständnis zwischen euch gekommen sein. Oder ihr habt euch ernsthaft gestritten, anders läßt sich das gar nicht erklären. Paolo war noch nie der Typ, der zu unüberlegten Handlungen neigt.

Leider weiß ich überhaupt nichts. Ich bin wie vor den Kopf gestoßen, mir fehlen die Worte; ich will es nicht wahrhaben, kann es mir einfach nicht erklären. Ich bin völlig aus dem Häuschen und zugleich wütend: Was ist bloß in ihn gefahren, wie kann er mir so etwas antun? Wenn sich die Sache nicht bald aufklärt, gebe ich mich nicht nur der Angst, sondern auch der Lächerlichkeit anheim, weil ich mich habe verschaukeln lassen. Ich hasse es, mich in einer solchen Situation wiederzufinden. Anfangs habe ich ihnen gegenüber so getan, als wüßte ich Bescheid, doch dann ist mir die Sache über den Kopf gewachsen, und ich ließ es sein. In ihren Ohren mag das wie eine neue Version klingen, und aus diesem Grund sind sie überzeugt, daß ich eingeweiht bin und etwas verberge.

Eine Woche ist es nun her, daß er verschwunden ist. Am Morgen ist er weggegangen, und abends ist er einfach nicht zurückgekehrt, weder zu mir noch zu sich nach Hause. Er hat mich nicht wie sonst vom Büro aus angerufen, und ich habe mich auch nicht bei ihm gemeldet, denn ich bin daran gewöhnt, daß er das tut. Einigermaßen zuversichtlich – aber auch wütend – habe ich die ganze Nacht auf ihn gewartet und mir vorgestellt, wie er mit einer anderen zusammen ist. Stundenlang lief hinter meiner Stirn der Film mit ihren Zärtlichkeiten, Küssen, Umarmungen ab, die wie die meinen waren und doch anders, gewagter und viel verführerischer, und das in einem Bett wie dem meinen, das doch anders, fremd und mir verhaßt war.

Am Morgen dann bin ich mit dem Schlüssel, den er mir gegeben hat, in seine Wohnung gegangen. Ich war nicht überrascht, als ich die Räume halbleer vorfand – da standen nur noch das Bett, der Nachttisch, zwei Stühle, der Schreibtisch, der Fernseher und die

Wandschränke, und in der Küche noch ein paar Teller und Tassen; da sein Mietvertrag bald ausläuft und er in mein Appartement ziehen sollte, das mit Möbeln bereits vollgestopft ist, hat er seiner Mutter fast die gesamte Wohnungseinrichtung zurückgegeben. Trotzdem kostete es mich Mühe hinzuschauen, so heruntergekommen und öde sah die Wohnung aus. Sie vermittelte den Eindruck, als wäre sie vor einer ganzen Weile schon verlassen worden, als würde nicht erst seit einem Tag keiner mehr darin wohnen.

Die Wohnung wirkte still, verstaubt und trostlos, und die Trostlosigkeit und die Unordnung nahmen zu, als ich in den Schränken, unterm Bett, im Nachttisch, in den Küchenschubladen, im Papierkorb und im Abfalleimer nach einem Brief, einem Zettel, einer herausgerissenen Seite, einer Notiz auf einer Zeitung, einer Anmerkung, einer irgendwie gearteten Spur suchte, um nachvollziehen zu können, was der Person wohl durch den Kopf gegangen ist, als sie von hier flüchtete.

Wie betäubt streifte ich durch die drei Räume, zählte immer wieder die hängengebliebenen Kleidungsstücke, die Oberhemden in den Fächern, und versuchte, mich mühsam zu erinnern, was denn eigentlich fehlte. In der Wohnung eines Verschwundenen fühlt man sich wie im Haus eines Toten. Man könnte eine andere, eine unbekannte Seite von ihm, einen Fetzen Leben, ein uraltes Geheimnis, vielleicht sogar eine Schwäche, irgend etwas Sündiges entdecken. Aber ich habe nichts finden können, kein Geheimnis, keine Spur einer Sünde, nur eine große Leere, als wäre er bereits seit vielen Monaten verschwunden, als wäre die Wunde, die er durch sein Verschwinden gerissen hat, in gewisser Weise etwas Alltägliches – und längst verheilt.

Wie hätte es anders sein können, auch die Pförtnerfrau wußte von nichts und wollte sich nicht erinnern, wann sie ihn zuletzt gesehen hatte. Vor zwei Tagen? Oder waren es drei? Wissen Sie, der Herr Doktor kommt spät abends nach Hause, wenn ich schon weg bin. Und morgens sehe ich ihn nicht immer. Wenn ich im anderen Treppenhaus oder unten bei den Müllkästen bin oder die Post verteile, kriege ich nicht mit, wer kommt und wer geht. Und in der letzten Zeit, das wissen Sie ja selbst, war er wegen des Umzugs ständig auf Achse: Er brachte Schachteln und Pakete weg, angefüllt mit seinen Sachen. Wieso, ist etwas passiert? Verschwunden ist er? Ach, der arme Herr Doktor, so gute Manieren, so freundlich, ein so anständiger Mensch …

Ein Unfall, ja gewiß, das erschien auch mir eine mögliche Erklärung. Nachdem ich meine Phantasievorstellungen von anderen Frauen und fremden Betten erschöpft hatte, dachte ich, daß er ebenso tot, verletzt, verschollen, von der Welt vergessen sein könnte, an irgendeinem Ort in der Nähe, und doch so fern. Und warum gibt das Handy immer nur besetzt? Vielleicht ist es kaputt, gegen eine Wand geprallt, unter ein Auto gekommen, in die Tiefen eines Gewässers gefallen. Doch in keinem der hiesigen Krankenhäuser gibt es einen Hinweis auf ihn, zum Glück nicht einmal in der Leichenhalle. Die Polizei löchert mich mit Fragen, sie läßt nicht locker, schließlich bin ich seine Verlobte und deshalb die Person, die ihn am besten kennt, ihm am nächsten steht, mit ihm am vertrautesten ist.

Ich zermartere mir das Gehirn, durchleuchte die Einzelheiten, die bekannt sind. Der Wagen, das kleine gelbe Auto, steht nach wie vor auf seinem Platz in der Garage, und die Autoschlüssel habe ich bei ihm zu Hause in der Tasche eines der Jacketts wiedergefunden, die in der Garderobe hingen. Wie mir die Polizei gesagt hat, existiert sein Bankkonto noch immer, wenn auch mit geringem Guthaben. Ich weiß nicht genau, wieviel er im Monat verdient, er hat es mir nie sagen wollen, und ich habe keine Ahnung, was er mit seinem Geld anstellte. Er lebte ziemlich gut, zumindest schien es mir so; ab und an leisteten wir uns einen Urlaub, eine Reise, aber ich weiß nicht, ob er sein Geld auch für andere Dinge ausgab. Das mit dem Geld war schon immer ein dunkles Kapitel, über das er sich ausschwieg. Wahrscheinlich unterstützte er seine Mutter oder seine Schwester, damit sie die Unkosten für das Haus aufbringen könnten. Ich nehme das einfach an, denn ein paarmal muß er knapp bei Kasse gewesen sein und hat mich um Hilfe gebeten. Oder vielleicht war es doch öfter.

Doch drei Millionen Lire, die laut Polizei auf seinem Girokonto sein sollen, das ist lächerlich wenig. In meinen Augen ist es einfach unmöglich, daß das sein ganzes Vermögen sein soll. Andererseits verspürte ich hin und wieder bei ihm ein gewisses Unbehagen, wenn er etwas bezahlen mußte – im Restaurant, für eine Reise, für ein Haushaltsgerät oder ein teures Geschenk. Es war kein Geiz, sondern Unsicherheit, als würde er insgeheim Berechnungen anstellen, um sicher zu sein, daß er sich eine bestimmte Ausgabe tatsächlich leisten konnte. Danach stürzte er sich ins Getümmel, bezahlte großzügig, ohne ein Wort zu verlieren, so als wollte er sein Zögern von kurz zuvor vergessen machen. Ich betrachtete es als das Produkt seiner spartanischen Erziehung und der in der Familie fest verankerten Gewohnheit, zu sparen und sich niemals etwas zu gönnen, was über das strikt Notwendige hinausging.

Ich spüre, wie die Angst in mir wächst, denn mir scheint, als wüßte ich kaum etwas über ihn. Viele Fragen, die ich ihm nie gestellt habe und die ich ihm vielleicht nie mehr stellen kann, kommen mir erst jetzt in den Sinn. Mich quält vor allem der Zweifel wegen des Geldes. Es ist doch unmöglich, daß nur noch drei Millionen Lire auf der Bank sind, es muß mehr da sein. Die Polizei bleibt zwar dabei, aber ich widerspreche dem. Er plante, früher oder später etwas zu kaufen. Er hatte bereits verschiedene Immobilienagenturen aufgesucht und sich, wie er behauptete, die eine oder andere Wohnung angeschaut. Doch mit drei Millionen Lire auf der Bank ist es ausgeschlossen, daß man zum Verkauf stehende Immobilien besichtigt. Was mir dazu einfällt, macht mir richtig angst: Es könnte ja auch bedeuten, daß er das Geld irgendwo gebunkert hat. Was aber hatte er damit vor? Vielleicht woanders zu wohnen, sich mit der anderen aus dem Staub zu machen oder vielmehr vor jemandem zu fliehen? Und vor wem, wenn nicht vor mir? Seine persönlichen Papiere – Personalausweis, Kreditkarten, Führerschein, Reisepaß – hat er mitgenommen. Zumindest wurden sie bislang nicht aufgefunden. Ist das alles Teil eines konkreten Plans – oder reiner Zufall?

Und wenn er entführt worden ist? Die Polizei glaubt nicht daran. Aber es wäre eine Möglichkeit, mit der sich alles erklären ließe, auch das kaputte Handy, auch der Wagen unten in der Garage, vielleicht auch das fehlende Geld. Ja, eine Entführung ist ohne weiteres vorstellbar. Vielleicht ist das aber auch die Erklärung, die mir besonders gelegen kommt. Kein Entführer hat sich gemeldet, bis jetzt zumindest nicht; weder an mich noch an seine Familie wurden Lösegeldforderungen gestellt. Man weiß ja, wie das so ist mit den Entführungen, obwohl der Entführer sich in der Person geirrt haben muß, denn Paolos Familie ist nicht gerade betucht. Sie besitzt zwar das alte Haus, ein paar Grundstücke, einige schöne Möbel, doch sonst nicht viel mehr, zumindest soweit ich weiß. Um so besser, dann kriegen wir ihn schneller zurück.

Eine Frage aber hämmert unaufhörlich in meinem Kopf: Hat er seine Kleider, einen Koffer, eine Reisetasche mitgenommen, oder hat er alles zu Hause gelassen? Jeden Tag bin ich in seine Wohnung gegangen, um mich umzuschauen, zu kontrollieren – ich blicke einfach nicht mehr durch, mein Gehirn ist in Aufruhr. Was für Kleider hatte er denn? Mir fallen blaue Blazer ein, mehrere graue Hosen, Jeans, dunkle Anzüge, Pullover, schöne Oberhemden, sehr viele Hemden und ebenso viele Krawatten besaß er. Zugleich aber ist mir, als würde ich mich an nichts mehr erinnern und verwechselte seine Kleidungsstücke mit denen anderer Personen. Die Sachen, die ich bei ihm zu Hause gefunden habe, die Jacketts, die Pullover und die Krawatten, habe ich nicht wiedererkannt. Es war, als gehörten sie einem Unbekannten. Vielleicht handelte es sich um ausrangierte Stücke, die er vor meiner Zeit getragen hat und die mir deswegen nichts sagen. Also quäle ich mich – und auch die anderen quälen mich, weil ich nicht mit Sicherheit sagen kann, ob etwas fehlt oder ob alles an seinem Platz ist. An einem Tag bin ich überzeugt, daß einige Stücke verschwunden sind, am nächsten will es mir so scheinen, als seien sie allesamt hier. In meinem Kopf herrscht ein richtiges Chaos.

Einen Koffer konnte ich nicht finden, nur einige etwas verlotterte Reisetaschen. Wenn jemand mich jedoch fragen würde, welche Art von Taschen er benutzte, müßte ich vor Scham in den Boden versinken, denn ich wüßte keine Antwort. Ich habe keine Ahnung, ob er die, die ich bei ihm zu Hause gefunden habe, regelmäßig benutzte oder nicht. Ja, das stimmt, wir sind öfter zusammen weggefahren, aber offensichtlich habe ich nie darauf geachtet, was er für Gepäck bei sich hatte. Wieso habe ich nicht besser aufgepaßt? Wo hatte ich nur meine Augen? Woran dachte ich? Warum habe ich mich nicht für solche Einzelheiten interessiert? Ganz sicher hatte mein Koffer über längere Zeit neben seinem gelegen … wie Schwestern, Freundinnen oder alte Bekannte quasi. Aber ich habe eine Nebelwand vor Augen, die mir den Erinnerungsblick verstellt: Meinen Koffer erkenne ich natürlich unter Tausenden; was seinen angeht, bin ich mir im Augenblick überhaupt nicht mehr sicher.

Dennoch könnten fehlende Koffer zunächst unwesentlich sein, denn zwei voller Haushaltswäsche hat er vor einigen Wochen bei mir untergestellt, zusammen mit einem kleinen Sessel, einem Couchtisch, einigen Bildern, vielen Fotografien, einer Lampe, Decken, Töpfen und Tellern. Ich hatte die Koffer in der Abstellkammer verstaut, doch dann habe ich sie herausgeholt, geöffnet, um den Inhalt unter die Lupe zu nehmen. Ohne zu wissen, wonach ich eigentlich suchte, habe ich sie wieder zugemacht: Allein das Bedürfnis, etwas von ihm, Gegenstände, die er berührt und benutzt hatte, in die Hand zu nehmen, ließ mich das tun. Ich habe ein paar Handtücher, Kissenbezüge und Bettücher ganz nah vor meine Nase gehalten, habe wie ein Polizeihund daran geschnüffelt, als wäre ich in der Lage, Paolo mit meinem Geruchssinn aufzuspüren. Aber sie rochen nur nach Waschpulver. Jetzt stehen die Koffer statt seiner in einer Ecke meines Schlafzimmers, und sie sind so erdrückend, schwer und solide wie er abwesend, verschwommen, flüchtig und unfaßbar ist.

Wie ist es möglich, daß er, wenn er wirklich von sich aus verschwunden ist, mir nicht einmal einen Brief, einen Zettel, eine Nachricht, zwei, drei Worte, auch nur aus Höflichkeit hinterlassen hat? Das frage ich mich ununterbrochen, und auch seine Verwandten tun das. Auch die Polizeibeamten bohren weiter, und in ihren Augen glaube ich eine Mischung aus Sarkasmus, Ungläubigkeit und Mitleid zu erkennen: Was ist das für eine Verlobte – müssen sie sich fragen –, vor der ein Mann einfach so die Kurve kratzt und ihr nicht einmal einen Fetzen Papier mit ein paar Abschiedsworten hinterläßt?

Ich spüre, daß sie mich nicht aus den Augen lassen, denn sie wollen den wahren Grund für seine Flucht herausfinden. Sie wollen sehen, ob ich unter dem Kleid ein Holzbein habe oder eine violette Narbe sich quer über meinen Körper zieht, ob meine Brüste, die ganz proper aussehen, in Wirklichkeit beim Antippen wie zwei leere Säcke baumeln, ob ich ein Gebiß oder womöglich eine Perücke trage, ob ich nicht etwa eine Hexe, eine Verfolgerin, eine Giftmörderin, rasend vor Eifersucht, wahnsinnig, impertinent, obsessiv bin oder ob sich hinter dem recht passablen, diskreten, besser gesagt sehr schmeichelhaften Äußeren einer besonnenen, intelligenten, brillanten jungen Rechtsanwältin gar eine Pechmarie verbirgt.

In einem Roman hatte ich von einem Mann gelesen, der verschwunden ist. Monate später wurde im Täschchen eines seiner alten Oberhemden ein Brief gefunden. Also habe ich die Taschen sämtlicher Hemden, Jacken, Hosen durchsucht – und zwar seiner wie meiner, falls er mir die Suche hatte erleichtern wollen. Aber ich habe nichts gefunden.

Wie ein Karussell drehen sich die Gedanken in

meinem Kopf und kehren mangels Notizen, neuer Ereignisse oder frischer Erkenntnisse immer als die gleichen zurück. Schon seit einer Woche kreisen sie zu jeder Tag- und Nachtstunde und werden immer frenetischer und unerbittlicher, wenn ich innehalte und nichts zu tun habe.

Mich peinigt der Gedanke, daß er eine andere haben könnte. Aber wen? Eine, die ich kenne? Vermutlich ist es eine, die ich nicht kenne, ansonsten hätte man von einem Doppelverschwinden gehört. Es könnte aber auch sein, daß jene Frau still und brav abwartet, um dann im passenden Moment zu ihm zu stoßen.

Aber weshalb sollte er mich ausgerechnet zu einem Zeitpunkt betrügen, da er bereit war, mit mir zusammenzuleben? Er hätte einen besseren Zeitpunkt für seine plötzlichen Liebesfluchten wählen können. Er wird Angst gehabt haben, daß ich ihm eine Szene mache. Ich weiß, daß er die Szenen seiner Mutter fürchtete und in der Vergangenheit auch die seines Vaters; er verabscheute auch meine, die aber eher selten waren. Ihm wird der Mut gefehlt haben, es mir zu sagen, und ich muß mich fragen: Wen habe ich eigentlich in all diesen Jahren geliebt?

Auch ohne Worte, da bin ich mir ganz sicher, hätte ich seine Unruhe, seinen Überdruß verstanden, wenn er mir nur etwas zu verstehen gegeben hätte. Oder vielleicht bin ich einfach diejenige, die nicht imstande war zuzuhören, zu fühlen, zu sehen? Habe ich tatsächlich ein Brett vor dem Kopf, bin ich unsensibel, abweisend und taub, wie seine Angehörigen es mir unterstellen? Im Geiste gehe ich Stück für Stück die Tage, die Wochen und die Monate durch. Angestrengt versuche ich, mir seine Worte und seine Reden wie von einer schlechten Tonbandaufnahme noch einmal laut und deutlich ins Gedächtnis zu rufen. Mit zunehmender innerer Anspannung analysiere ich immer wieder seine Verhaltensweisen, aber es bleibt ein schwieriges Unterfangen, irgendeinen Anhaltspunkt, auch nur den kleinsten, zu finden.

Er stand unter Druck, das stimmt. Wegen der Arbeit, sagte er, und weil es ihn Kraft kostete, die Wohnung für den bevorstehenden Umzug leerzuräumen. In Wirklichkeit, ich erinnere mich noch gut, war er auch neulich geistig abwesend, nichts Außergewöhnliches, wenn einer erschöpft ist. Ich habe mir deshalb keine Gedanken gemacht, denn hätte ich zu ihm gesagt: ›Schone dich, mach eine Pause, kurier dich aus, nimm etwas, um wieder zu Kräften zu kommen‹, hätte er geantwortet: ›Ja, ja, ist gut‹, nur um seine Ruhe vor mir zu haben, und hätte dann doch nichts unternommen. Auch aus diesem Grund vielleicht habe ich nicht auf seine geistige Abwesenheit geachtet, wie ich es hätte tun müssen. Auch um uns beide machte er sich keine Gedanken mehr. Eine allgemeine Abwesenheit hatte ihn erfaßt, als lebte er stets einen Schritt von den anderen entfernt, auf Distanz und ohne Interesse.

Auf viele Dinge hatte er keine Lust mehr so wie früher: Reisen, abends Ausgehen, ins Kino oder zum Abendessen mit Freunden. Es ist wegen der Müdigkeit, behauptete er. Auch ich sagte mir das und war ein wenig geschmeichelt, denn im Grunde sah es so aus, als stünde ihm der Sinn nur nach mir. Zumindest wollte ich das glauben. An Worte, die auf etwas hinwiesen, an Enthüllungssätze kann ich mich, auch wenn ich mir vor Verzweiflung die Haare raufe, nicht erinnern. Er könnte auch etwas gesagt haben, was ich hätte hören sollen, was ich aber nicht mitgekriegt habe, und wenn ich tatsächlich zugehört habe, habe ich nichts verstanden, denn es erschien mir nicht wichtig, zumindest nicht so wichtig. Selbstverständlich redeten wir miteinander, es gab zwischen uns keine Schweigezeiten wie bei einem alten Paar, das sich nichts mehr zu sagen hat. Wir redeten ziemlich oft miteinander, auch wenn es in erster Linie um praktische Dinge ging: Was mit seinen Sachen geschehen sollte, was davon behalten, was wegwerfen, wohin seinen hochheiligen Schreibtisch stellen, den er von seinem Vater geerbt hat, welches von meinen Möbeln opfern, um dafür Platz zu machen, den es in meiner Wohnung eigentlich nicht gibt. Wir sprachen darüber, wie wir Weihnachten feiern, mit wem und wo wir Silvester verbringen sollten – über Dinge dieser Art, natürlich nicht ausschließlich darüber, redeten wir. Apropos: was werde ich jetzt an Weihnachten und Silvester machen?

Meine Gedanken kreisen. Wie wird wohl diese andere Frau sein? Es kann keine sein, die seiner Mutter noch weniger gefällt als ich, weshalb hätte er sonst abhauen müssen? Da ich noch nie begriffen habe, was seiner Mutter eigentlich gefällt und was nicht, bin ich auch nicht in der Lage, mir vorzustellen, wie sie sein könnte. Ich kann mir das kindliche Gesicht, den unschuldigen Gesichtsausdruck vorstellen – das ist es, was er in einer Frau sucht –, und eine schmale Figur, aber mit weichen Linien, geschmeidige Bewegungen, als wäre sie stets ein wenig müde, kraftlos und gezwungen, ihr Leben jemandem anzuvertrauen. Dies waren die Mädchen, denen er nachschaute. Und wenn ich bedenke, daß ich mich sorglos darüber lustig machte, als wäre es einfach eine Schrulle, etwas Bizarres, eine harmlose Fixierung.

Auf so ein dummes Ding kann er nicht ernsthaft fliegen, sonst hätte er ja mich nicht gewollt, sagte ich mir. Und da er vor mir und den Freunden immer wieder und in höchsten Tönen meine Intelligenz pries, war ich ganz unbesorgt, ja, stolz und unbesorgt war ich. Als ginge es ausschließlich um die Intelligenz. Im Grunde weiß ich nicht, ob er meine anderen Qualitäten wirklich schätzte.

Ich bin eine lebensbejahende und unermüdliche Kämpferin. Ich bin voller Tatendrang und unfähig, mich ruhig zu halten, auf dem Sofa ausgestreckt zu faulenzen oder länger als eine Viertelstunde fernzusehen; er sah mich jedesmal ungläubig an, denn seiner Ansicht nach verbreitete ich nur sinnlose Hektik. Ich bin gewohnt, Entscheidungen zu treffen, und er überließ es mir, Verpflichtungen, Verabredungen, Filme, Theatervorstellungen, Konzerte, Reise- und Urlaubsziele auszuwählen. Das schien ihm mehr als recht zu sein, vielleicht war es in Wirklichkeit nicht so. Ich trage meistens Hosen, ich hasse Kinkerlitzchen, aber ich weiß, daß er auf Sachen steht, die richtig rétro sind: Spitzenunterwäsche, Strumpfbänder, enge Röcke, hohe Absätze, tiefe Ausschnitte, bei denen ein Mann nicht weiß, wohin den Blick wenden.

Weibliche Phantasiewesen, die seinen Weg gekreuzt haben könnten, tauchen vor meinem geistigen Auge auf. Blond oder braun, mager oder ein wenig rundlich, groß oder klein gewachsen, völlig egal: All seine Frauen haben etwas Zerbrechliches und Weibliches an sich, haben langes gewelltes Haar, schmale Fesseln und bewegen sich, da sie Pfennigabsätze tragen, mit Tippelschritten, und sie sind immer ein wenig außer Atem. Sie scheinen mit dieser unregelmäßigen, unentschiedenen Gangart unterstreichen zu wollen, daß er derjenige ist, der das Sagen hat, die Entscheidungen trifft, den Weg bestimmt und vorangeht. Ich verabscheue diese Art von Frauen, sie sind so passé, so banal, so unerträglich in ihrer Unfähigkeit, auch nur die geringste praktische Angelegenheit zu bewältigen. Aber sie sind es, die den Männern, allen Männern, auch den intelligentesten, gefallen. Sie geben ihnen nämlich zu verstehen, daß sie auf dem Gebiet der Liebkosungen über außerordentliche Fähigkeiten verfügen, unübertrefflich küssen, wahre Meisterinnen im Liebesspiel und die sanftesten, hingebungsvollsten Geschöpfe sind.

Mama

Ich bin die Ruhe in Person. Er wird mich nicht hintergehen. In fünfunddreißig Jahren hat er das nicht ein einziges Mal getan, und er wird es auch jetzt nicht tun. Alle befinden sich in höchstem Alarmzustand, und da sie mich so gelassen und voller Zuversicht erleben, denken sie, daß ich Nachricht von ihm habe. Aus diesem Grund belagern sie mich, um ein paar Worte, irgendeine Information aus mir zu quetschen. Sie wollen nicht glauben, daß es mir genauso geht wie ihnen. Oder vielleicht doch nicht ganz: Zwischen ihm und mir hat es immer einen direkten Draht, ein starkes Band, eine offene Kommunikation gegeben, auch ohne Worte, und die existiert noch heute. Es ist, als erreichte mich seine Stimme von weit her, aus dem Land des Schweigens, wo er sich jetzt aufhält, und die sagt mir: Du weißt doch, daß ich dich nicht hintergehe, du mußt mir einfach vertrauen, so wie ich dir immer vertraut habe.

Wegen des ganzen Wirbels, den er verursacht hat, wegen der Aufregung und der Verständnislosigkeit tut es mir natürlich leid. Keiner kann begreifen, warum er verschwunden ist, was ihn soweit gebracht hat. Sie versuchen ihr Bestes, sie stellen sich Fragen über Fragen, sie zermartern sich das Gehirn. Sie kreisen das Problem ein, sie telefonieren ständig miteinander und kauen immer wieder von neuem die winzigsten Anzeichen von Unzufriedenheit bei ihm durch. Und sie analysieren seine Anspielungen – reine Produkte ihrer Phantasie – auf einen eventuellen Fluchtplan hin. Verbissen durchsuchen sie jeden Winkel, aber sie können einfach nichts finden. Sie wissen von nichts, denn nur ich war eingeweiht, als er schon einmal für fast eine Woche verschwand, das war vor fünf oder sechs Jahren.

Der Grund für Paolos derzeitiges Verschwinden ist mir völlig klar. Er mußte sich aus den Fängen dieser gräßlichen Verlobten befreien, die ihn vor den Traualtar zerren wollte. Sie hatte ihm eine Zukunft vorgezeichnet, präzis und ohne Abweichungen, wie eine Straße, die zwischen zwei Mauern immer geradeaus führt. Und ich mußte mit ansehen, wie er gefügig, voller Pflichtbewußtsein, aber auch voller Verzweiflung diesen Weg einschlug. Hätte ich etwa die Augen davor verschließen sollen? Sie hatte alles entschieden und streute nun süße Leckerbissen auf seinen Weg, damit er ja nicht auf die Idee käme, innezuhalten, kehrtzumachen, was er – da bin ich mir ganz sicher – gerne getan hätte.

Sie gab sich als die Sanfte, die Verständnisvolle, die

ganz Auge und Ohr für ihn war. Jeden Handstreich nahm sie ihm ab, organisierte jeden Zentimeter seines Lebens. Auch ihre Freunde und ihre Familie hatte sie mit einbezogen, damit alle Paolo wie einen engen Vertrauten, einen Blutsverwandten behandelten. Wäre es nur aus Liebe gewesen ... aber nein, es war aus Starrsinn, aus Ehrgeiz, aus gesellschaftlichem Aufstiegsstreben.

Mein Junge, ich habe das Menschenmögliche getan, um dir zu helfen, dir die Augen zu öffnen, dich stark zu machen, aber es hat nichts gefruchtet. Du hast die von ihr vorgegebene Richtung eingeschlagen, bis es für einen wie dich zu schwierig wurde, um kehrt zu machen. Deshalb hast du dir diese Lösung einfallen lassen. Bravo, mein Sohn. Ein bißchen muß ich auch schmunzeln. Es gab für dich also keinen anderen Weg als die Flucht, um deine Haut zu retten. Ich hatte dich schon verloren geglaubt – für dich, meine ich, nicht für mich –, und als wären dir Flügel gewachsen, bist du auf und davon geflogen. Die Flucht, das ist etwas für Schwächlinge, Fliegen aber ist den Engeln eigen.

Sie hat nichts mit uns gemein, sie mit ihren Vorlieben wie aus der Illustrierten, mit ihren Ambitionen, Urlaub in der Karibik zu machen, mit ihren Designermöbeln und Markenklamotten, mit ihrer Karrieregier. An uns gefiel ihr so gut wie nichts, auch wenn sie versucht hat, es uns nicht merken zu lassen. Für sie war unser spartanischer und antiquierter Lebensstil einfach unbegreiflich: Beispielsweise die Angewohnheit, im Zug zweiter Klasse zu reisen, selten nagelneue Kleider zu tragen und so zu vermeiden, wie alle anderen auszusehen, mit einem Wort, so zu leben, wie wir immer schon gelebt haben, ohne uns von der einen oder anderen Neuheit beeinflussen zu lassen, Gott behüte, und noch viel weniger von dem, was gerade Mode ist.

Es war paradox, aber Beatrice wollte unbedingt Mitglied unserer Familie werden, obwohl ihr Herz eine ganze Reihe von Accessoires und Firlefanz begehrte, die besitzen zu wollen uns nie in den Sinn käme. Geradezu mit Begeisterung schien sie unsere seltsamen Sitten und Gebräuche hinzunehmen, denn sie wollte Paolo um jeden Preis. Doch ich bin mir sicher, ich kenne meine Pappenheimer, daß ihr sehr viele Seiten an ihm mißfielen, einfach mißfallen mußten. Beispielsweise die Taschen und Koffer, die er auf Reisen mitnahm, sie waren alle verschieden, waren abgewetzt und verschlissen. Oder seine Angewohnheit, einen Mantel zu tragen, gleich bei welcher Gelegenheit, und niemals Lederjacketts, Windjacken und Anoraks, wie alle anderen es tun.

Auch seine Ernährungsweise – die eben unsere ist – kam ihr gar nicht zupaß: Ich habe gemerkt, daß sie Suppen und auch gekochtes Obst ablehnte, die er immer heiß geliebt hat. In ihren Augen war das Armeleuteessen oder Krankenhauskost. Sogar in kulinarischer Hinsicht versuchte sie auf dem neuesten Stand zu sein: Sie liebte die exotische Küche, sie aß indisch, arabisch, chinesisch, thailändisch, wilden Reis, Zweikorn, Soja, Couscous, also einen schrecklichen Fraß. Mir wird bewußt, daß ich über sie in der Vergangenheitsform rede, als wäre sie und nicht er verschwunden: Schade, daß es nicht so ist, alles wäre so viel einfacher.

Sie tat so, als wäre sie voller Bewunderung, aber ich hege den Verdacht, daß ihr nicht einmal unsere Wohnungseinrichtung einigermaßen gefiel. Sie täuschte Bewunderung vor, aber höchst wahrscheinlich fand sie alles unbequem, altmodisch und reif fürs Museum. Der schöne Schreibtisch, ein Erbstück meines Gatten, ließ sie ziemlich kalt; einmal hat sie sogar höchst vorsichtig den Vorschlag geäußert, ihn doch zu verkaufen, wegen ›des guten Geldes, das er einbringen würde‹, und ›weil es schwierig war, für ihn einen gebührenden Platz zu finden‹. Zumindest was das anbelangte, hatte sie recht, denn ich habe ein Foto ihrer Wohnung gesehen: Die ist halb leer, bestückt mit Möbeln aus Plexiglas, abstruse Bilder an den Wänden; das Bett sieht aus wie ein Parallelepiped, und auf den Möbeln steht grauenvolle Kleinkunst zur Dekoration. Ich begreife nicht, wie mein

Sohn überhaupt auf die Idee hat kommen können, in einer so kalten, unpersönlichen Umgebung leben zu wollen.

Die Dame war darauf bedacht, ja keine offene Kritik zu äußern, aber insgeheim, darauf könnte ich schwören, hatte sie sich vorgenommen, Paolo zu ihrer Lebensweise und ihrem Geschmack zu bekehren. Ungebildet und oberflächlich wie sie nun einmal ist, mußte er in ihren Augen zwangsläufig ein Relikt aus vergangenen Epochen sein, dem man Respekt zollt, das man aber auch belächelt. Ich gestattete mir, ihn deswegen von Zeit zu Zeit auf den Arm zu nehmen, in der Hoffnung, ihn auf diese Weise wachzurütteln. Doch er zuckte nur mit den Schultern, als wollte er sagen, daß ihn das nicht weiter kümmerte. Mein Sohn, du hast gut daran getan abzuhauen.

Mit einem ganz normalen Mädchen aus einfachen Verhältnissen wäre ich viel zufriedener gewesen. So eine hätte nämlich etwas dazugelernt, hätte sich angepaßt. Bei Beatrice läßt sich nicht einmal die soziale Herkunft genau bestimmen: Sie stammt aus bescheidenen, aber nicht niedrigen Verhältnissen, sie sind einfach, aber nicht ärmlich, ungebildet, aber nicht naiv, sie besitzen keine Eleganz, aber sie folgen nicht bedingungslos dem letzten Modeschrei. Was zur Folge hat, daß sie nicht bereit ist, irgend etwas anzunehmen, ja, sie betrachtet sich selbst als äußerst überlegen, überaus fähig und sehr kämpferisch; wir hingegen sind in ihren Augen arme Würstchen, denen man im Niedergang zur Seite stehen muß, um uns vor der Finsternis, auf die wir zusteuern, zu retten und uns gemäß der wahren Werte des Lebens zu unterstützen und aufzuklären – und diese Werte sind nichts weiter als Geld und Erfolg.

Das also ist die Schwiegertochter, die ich um ein Haar in meine Familie aufgenommen hätte, und noch immer kann ich mich nicht mit der Tatsache abfinden, daß Paolo sich irgendwann zu ihr bekannt hat. Ich begreife es nicht, besser gesagt, ich will und kann es nicht begreifen. Es tröstet mich, daß er, wenn auch sehr spät, es dennoch geschafft hat, seine eigene Lage zu überschauen, und zugleich kam ihm nichts Besseres in den Sinn, als zu verschwinden.

Wenn ich mich auch nicht erinnern kann, jemals ausführlicher auf dieses Thema eingegangen zu sein, bilde ich mir ein, daß er wußte, wie ich darüber denke. Es kann kein Zufall sein, daß er so gut wie immer vermied, sie mit nach Hause zu bringen. Es kann auch sein, daß mir die eine oder andere winzige Bemerkung herausgerutscht ist: Das wäre nichts Besonderes, in meinem Alter kann ich mir das erlauben, doch ich habe noch nie bewußt etwas Bösartiges verlauten lassen, nichts, was ihn auf irgendeine Weise hätte verletzen können. Dazu liegt er mir viel zu sehr am Herzen. Ich habe mich immer an die

Regel der äußersten Diskretion gehalten, und darauf bin ich stolz.

Es versteht sich von selbst, daß ich bei alledem besorgt in die Zukunft schaute. Von einer Frau wie Beatrice hätte niemand in unserer Familie etwas gehabt, sie wäre eher eine Quelle der Zwietracht als ein Punkt der Einigkeit und Stärke gewesen. Ich erriet, daß hinter ihrem Getue Berechnung steckte; ihre Entschlossenheit, ihre unterkühlte Art, ihr Kopf, der stets in Alarmbereitschaft war und den nichts unvorbereitet traf, machten mir von Anfang an angst.

Paolo hat immer vermieden, dieses Thema anzuschneiden. Er besitzt einfach zuviel Taktgefühl, um mich mit Problemen dieser Art zu belästigen. Im übrigen hat das Liebesleben im Gespräch zwischen Mutter und Sohn nichts verloren. Manchmal hatte ich den vagen Eindruck, daß er mir etwas anvertrauen wollte, doch dann gab er sich einen Ruck und behielt das peinliche Gespräch a là Wartesaal oder Bahnabteil für sich, und ich war heilfroh.

In all diesen Jahren habe ich mich redlich bemüht, meine Worte für mich zu behalten, die sowieso zwecklos gewesen wären: Er weiß, wie ich denke, und ich wußte, was in ihm vor sich ging: Er glaubte, daß er verliebt war, daß er sie, ihre Stärke, ihre Zielstrebigkeit brauchte. Er glaubte, reif und bereit zu sein, um mit ihr eine Familie zu gründen. In Wirklichkeit aber war er es nicht. In unserer Familie dauert es lange, bis die Männer erwachsen sind. Wenn ich nur an Giovanni denke, der sich die Hälfte seines Lebens nicht sicher war, ob er mein Ehemann oder mein Sohn sein sollte. Und die andere Hälfte seines Lebens hat er mich einfach ignoriert.

Wir beide wissen also, wie es steht, und verlieren trotzdem kein Wort darüber. Ich bin immer der Meinung gewesen, daß die Sache durch zuviel Reden unnütz aufgebauscht wird, an Gewichtigkeit und Bedeutung zunimmt und mehr und mehr Platz in ihrem und unserem Leben besetzt. Im Schweigen, in der Diskretion, im Unausgesprochenen hätte sich diese großartige Geschichte von selbst abbauen, an Sauerstoff- und Nahrungsmangel eingehen, sich in nichts auflösen können. Doch es ist anders gelaufen, als ich gehofft hatte, aber gewiß war das nicht mein Verschulden.

Auch im stillen bin ich ihm nahegewesen und habe es immer so angestellt, daß er spürte, wie ich über ihn wachte, ihm folgte, wie ich in Gedanken bei ihm war. Ich schrieb ihm, rief ihn an, drängte ihn, mich zu besuchen. Um das Gefühl der Zusammengehörigkeit in ihm wachzuhalten, habe ich ihn immer wieder an die wichtigen Daten im Hause, die Jahrestage der seligen Verstorbenen, die Geburtstage und Festtage von uns und den uns Nahestehenden erinnert. Ich habe immer wieder Anekdoten und Episoden, die den einen oder anderen noch lebenden oder bereits verschiedenen Verwandten betreffen, irgendeinen besonders klugen oder belustigenden Satz, eine bestimmte erinnerungswürdige Geste von diesem oder jenem in seiner Erinnerung wiederaufleben lassen. Das Ziel war, Paolo in gewisser Weise sich selbst, seinem Namen, seiner Erziehung und Tradition verbunden sein zu lassen.

Diese Empfindung, die ich beharrlich in ihm nährte, hätte ihm helfen sollen, Personen, die von uns allzu verschieden sind, aus seinem Leben herauszuhalten. Seine Flucht ist für mich die Bestätigung, daß meine Bemühungen nicht ganz umsonst waren. Aber er hätte diese Frau gar nicht erst an sich heranlassen dürfen: Bereits auf den ersten Blick war klar, daß sie nicht zu ihm paßte.

Manchmal nimmt meine Besorgnis überhand, und dann erlaube ich mir, Annamaria gegenüber eine Andeutung zu machen; sie predigt mir jedoch ohne Unterlaß, daß ich voreingenommen sei und mich wegen nichts und wieder nichts aufrege und daß Beatrice Paolo liebe und Ordnung in sein Leben gebracht habe. Laß die beiden doch in Ruhe, sagt sie. Als würde ich sie nicht in Ruhe lassen, als würde ich mich einmischen, als wäre ich polemisch, als wäre mir je eine unpassende Bemerkung herausgerutscht.

Annamaria ist eine brave Tochter, aber sie ist nicht gerade mit Intelligenz gesegnet. Man braucht nur ihre Lebensweise zu betrachten ... ein recht ärmliches Leben ist es nämlich, das sie für sich gewollt hat. Es stimmt, für sie habe ich mir kein Bein ausgerissen wie für ihren jüngeren Bruder – und das war nicht richtig von mir –, doch sie war es, die mich daran gehindert hat. Sie folgte nämlich stets mehr dem Vater als mir, sie war verliebt in ihn, sie verherrlichte ihn geradezu. Als er noch lebte, war immer ich die Schlechte, und auch jetzt, da er nicht mehr unter den Lebenden weilt, fällt sie gerne über mich her. So behauptet sie, daß ich zu schwierig, zu streng, zu konservativ bin und zu sehr an toten Dingen klebe. Sie redet manchmal so impulsiv wie ein aufmüpfiger Teenager: Sie macht sich nicht klar, daß auch sie langsam in die Jahre kommt, bei den vielen grauen Haaren, die sie bereits hat. Obendrein hat sie zugenommen und ihr Aussehen völlig vernachlässigt. Wie bist du bloß heruntergekommen, meine Tochter, denke ich manchmal, wenn sie nach ein paar Tagen plötzlich wieder vor mir steht. Früher war sie das blühende Leben: Sie strahlte, war frohgelaunt, lächelte. Jetzt ist sie farblos, schwerfällig, vom Schicksal gebeugt: Ich erkenne sie kaum wieder.

Einmal habe ich den Fehler begangen – in meinem Alter kann das schon mal passieren –, meine Ansichten laut kundzutun, anstatt sie für mich zu behalten. Es waren gerade zwei Wörter eines längeren Satzes, den ich nur angefangen und nicht zu Ende geführt habe. Da ist sie in Tränen ausgebrochen, in ein wütendes Heulen gegen mich, und ein Schwall der Empörung ging auf mich nieder, vor dem ich mich nur durch Flucht aus dem Zimmer retten konnte. Armes Mädchen, sie ist ja so empfindlich, so zerbrechlich. Darin schlägt sie ganz nach ihrem Vater, der über die Maßen reizbar war. Im Gegensatz zu ihr aber hatte er ein gepflegtes, elegantes Äußeres bewahrt und auf seine Linie geachtet.

Giovanni ist nicht mehr da, aber auch er trägt Schuld an dem, was jetzt mit Paolo passiert. Ich spreche nicht von den Ehebrüchen, mit denen er mich gedemütigt hat, solche Dinge gehen den Jungen ja nichts an, sondern von dem Typ von Frauen, mit dem er sich herumtrieb, von seinem schlechten Geschmack. Seine Fräuleins, so nannte ich sie, und tatsächlich waren sie, was Alter, Benehmen, Erziehung betraf, nicht viel mehr als Fräuleins. Bestenfalls hätten sie als Ladenmädchen getaugt. Er präsentierte sie als seine Studentinnen, die ihn aufsuchten, um von ihm zur Vorbereitung ihrer Examensarbeiten Empfehlungen, Ratschläge, Richtlinien und Studienpläne zu bekommen, oder ganz einfach, um sich den Herrn Professor wohlgeneigt zu machen. Wir aber sahen, was sie waren (und wußten obendrein, was sie machten), nämlich immer und ausschließlich arme Mädels, die nicht im entferntesten auf seinem Niveau waren.

Um die Wahrheit zu sagen, tauchten hin und wieder auch Kolleginnen von ihm auf, die etwas mehr hätten darstellen können, doch auch sie mit ihren schmachtenden Blicken kamen mir eher unterwürfig vor; und dann dieses verlegene und peinliche »Verzeihen Sie, Signora«, »Darf ich, Signora«, »Bemühen Sie sich nicht, Signora«, wenn ich ihnen zufällig im Haus über den Weg lief. Manche wiederum zeigten, das war unglaublich, eine gewisse Arroganz, vielleicht weil sie jünger waren oder ihrer Meinung nach besser gekleidet waren als ich. Doch an Frauen mit etwas Persönlichkeit kann ich mich beim besten Willen nicht erinnern.

Andererseits ist es vielleicht besser, daß diese Dämchen alle so fad waren, denn wäre eine darunter gewesen, die eine größere Portion an Intelligenz und Charme besessen hätte, Giovanni hätte wahrscheinlich völlig den Kopf verloren. Der verzückte Ausdruck in seinem Gesicht, wenn er von Zeit zu Zeit eine von diesen Damen erwartete, reichte mir vollauf! Das ganze Haus wußte: Heute wird eine kommen, die vielleicht nie zuvor da war und ihm besonders viel bedeutet. Sein Gesichtsausdruck war für mich unerträglich, und da er sich dessen bewußt war, versuchte er ihn – vergeblich – zu verbergen: Mit seinen über sechzig Jahren wirkte er deshalb wie ein junger Bursche, der von der eigenen Mutter in flagranti ertappt worden war. Auch für ihn, der zehn

Jahre älter war als ich, hatte ich die Mama zu spielen – dazu hatte er mich herabgestuft.

Wie verhaßt waren mir diese Nachmittage des Wartens, um so mehr, wenn das Objekt seiner Begierde Verspätung hatte. Zuweilen freute ich mich boshaft darüber, hoffte dann aber selbst, das betreffende Fräulein möge nicht so lange auf sich warten lassen, damit er endlich aufhörte, unruhig im Haus herumzuwandern, einmal zur Uhr, dann zum Fenster blickend, und dabei tat er vor mir so, als sei er mit ganz anderem beschäftigt. Seine Ausreden, seine wirren Andeutungen von wegen Aufzeichnungen oder wichtigen Büchern, die er dringend erwartete, waren höchst peinlich: Ich wußte Bescheid, und er wußte, daß ich es wußte, und gemeinsam inszenierten wir diese schreckliche Komödie.

Was kann eine solche Lektion einem jungen Burschen von fünfzehn, zwanzig Jahren mit auf den Weg geben? Nichts Gutes. Das Ergebnis war, daß Paolo sich zwangsläufig die falschen Frauen aussuchte. Schön waren sie und auch intelligent, aber, als Reaktion auf die grauen Mäuschen, die Giovanni frequentierte, viel zu energisch und dominant: richtige Gegenfiguren zu mir, behauptet Annamaria, die Arme, sie hat von Kindesbeinen an leider noch nie etwas kapiert.

Ich habe es mir versagt, Paolo damit zu belasten, denn mehr noch als die aufdringlichen Mädchen schmerzte mich die Einsamkeit, in die er regelmäßig stürzte, wie in ein schwarzes Loch. Die Einsamkeit stand ihm ins Gesicht geschrieben, hatte sich wie ein Raubvogel, der nicht von seiner Beute abläßt, in seine Schultern gekrallt. Ein Leben lang hatte ich die Einsamkeit mit mir herumgetragen, und deshalb erkannte ich sie mühelos. Ich hätte alles dafür getan, daß er sich von ihr befreien könnte. Sei's drum. Sollte er sich doch an seinen mehr oder weniger dominanten und unpassenden Freundinnen ergötzen, Hauptsache, er füllte die Leere um sich herum und vertrieb den Schatten der Niedergeschlagenheit.

Und jetzt? Mit wem ist er jetzt zusammen? Wahrscheinlich ist er ganz allein, der arme Junge. Und das bedrückt mich, mehr noch als seine gewiß nur vorübergehende Abwesenheit. Zweifach ist meine Besorgnis, deshalb bin ich ja sauer auf diese Frau, vor der er davongelaufen ist. Sie wollte ihn sich um jeden Preis schnappen, sie war überschäumend, richtig klebrig vor Anhänglichkeit; nicht einmal ihr beruflicher Erfolg konnte sie bremsen. Sie wollte geheiratet werden, genau das wollte sie, wie ein Dämchen aus alten Zeiten. Nicht um Kinder zu kriegen, eine Familie zu gründen, einen Hort der Liebe zu schaffen, sondern um der Befriedigung willen, einen Ehemann, genau diesen Ehemann, zum Vorzeigen zu haben. Als hätte sie nicht bereits einen gehabt, der ihr dann unterwegs abhanden gekommen ist. Hat ihr der nicht gereicht? Mußte sie sich auf Teufel komm raus auch noch meinen Jungen greifen?

In den letzten Wochen muß Beatrice den Druck auf Paolo erhöht haben. Ihre Entscheidung war es, sofort zusammenzuziehen, damit Paolo ja keinen Rückzieher machen könnte. Es war beschlossene Sache, daß er bei ihr einzöge, und folgsam hatte er mit dem Umzug begonnen. Fürs erste hatte er sich darauf beschränkt, einen Teil der Möbel zu ihr zu bringen; er dagegen zögerte, denn noch hatte er sich nicht vollständig um den Finger wickeln lassen. Das weiß ich, weil ich beinahe täglich frühmorgens bei ihm anrief, und für gewöhnlich antwortete er.

Wäre Beatrice nicht so hartnäckig gewesen, hätte sie nicht so insistiert und sich nicht so aufgespielt, wäre Paolo, da bin ich mir ganz sicher, heute noch an seinem Platz, da, wohin er gehört, mitten unter seinen Leuten, in einem normalen Leben. Jetzt aber, genau in diesem Augenblick, wer weiß, wo er in all seiner Verlorenheit steckt. In einem Hotel, stelle ich mir vor, in einer Stadt, wo ihn keiner kennt. Es ist schon dunkel, und er irrt vielleicht zwischen den Häusern umher. Zwölf Tage streift er nun schon durch irgendwelche Straßen. Ich darf gar nicht daran denken.

Annamaria

Ich habe Angst, aber ich kann nicht sprechen. Vor mir selbst möchte ich die Worte nicht laut sagen, die in meinem Kopf kreisen. ›Paolo ist tot‹, ›Paolo hat sich das Leben genommen‹. Ich lebe in Angst und Schrecken, denn jeden Augenblick könnte man uns am Telefon mitteilen, daß sie seine Leiche gefunden haben. Über Indizien verfüge ich nicht, auch Nachrichten oder Briefe habe ich keine, nein, das nicht. Ich erinnere mich auch nicht an irgendwelche Aussagen von ihm, die wirklich alarmierend geklungen hätten. Es gibt nur winzige Anzeichen, einzelne Worte, Sätze, die so dahingesagt waren und in jenem Moment beliebig klangen, mir jetzt aber anders vorkommen, vielleicht voller Bedeutung, nicht mehr oberflächlich oder zufällig.

Ich kann einfach nicht glauben, daß jemand wie im Film einfach so verschwindet, um irgendwo auf der Welt ein neues Leben anzufangen. Meiner Ansicht nach ist mein Bruder nicht imstande, alles – Stadt, Nation, Freunde, Arbeit – einfach aufzugeben. Ich kann ihn mir überhaupt nicht vorstellen, wie er versucht, sich eine neue Existenz aufzubauen, Pläne schmiedet, entscheidet, wann, wie und wohin gehen; wie er in der Bank Geld abhebt und wie ein Dieb oder ein Betrüger seine Flucht vorbereitet und untertaucht, um andernorts, weit weg, wieder aufzutauchen.

Er ist viel zu ordentlich, viel zu gediegen, um so etwas zu tun. Er würde sich viel zu sehr sorgen, daß er uns – mich, die Mama, Fabrizio, Beatrice, seine Freunde, sogar die Kollegen – in eine Riesenverwirrung stürzen, uns einen Schmerz zufügen könnte. Er war immer schon ein rücksichtsvoller Mensch, auf alle hat er viel zuviel Rücksicht genommen.

Das ist der einzige Gedanke, der mich tröstet: Er muß einfach bedacht haben, daß er durch einen Selbstmord unendlich viel Aufruhr, Angst, Verlorensein und Schmerz in uns verursachen würde. Auf der anderen Seite: Wer tot ist, läßt alle Sorgen hinter sich, ist erhaben über das Leiden derer, die weiterleben; er sieht nichts, hört nichts und kümmert sich nicht um das, was zurückbleibt.

Vielleicht versucht er, uns das gewaltsame Bild des Todes zu ersparen, uns die Tragödie zu erleichtern, und hindert uns, seinen entstellten, blutüberströmten Leichnam aufzufinden. Keine Waffen, keine Medikamente, keine Stricke oder Rasiermesser, nichts von all dem makabren Rüstzeug der Verzweiflungstat hat er auf der Szene zurückgelassen. Er hat sich versteckt, damit wir ihn nicht finden und nicht identifizieren können... vielleicht an seinen Schuhen, seiner Kleidung oder an der runden Narbe am Arm, seiner Jugendtrophäe; die hatte er bei einer Wette davongetragen, als er einen Schulkumpel herausforderte, ihm eine glühende Münze auf die noch weiche Kinderhaut zu drücken.

Keinen einzigen Abschiedsbrief hat er geschrieben, damit wir ja im Ungewissen tappen und uns einbilden, daß er unbeschwert irgendwo in der Ferne weilt und jeder von uns ihn auf seine Weise leibhaftig und in Bewegung irgendwo – allerorts – vor Augen hat. Damit wir lange seiner harren, bis unserer Niedergeschlagenheit wegen seines Verschwindens etwas Friedliches, fast Normales, eher Trauriges als Schmerzhaftes anhaften würde.

Er hat uns eine fast leere Wohnung zurückgelassen, die eigentlich nicht mehr seine war, sondern unpersönlich wie ein Hotelzimmer, das vor kurzem verlassen und noch nicht wieder hergerichtet worden war. Wegen des bevorstehenden Umzugs, hatte er gesagt. Sogar den Mietvertrag hatte er bereits gekündigt. Er hat uns die schwere Bürde abgenommen, die Wohnung aufzulösen, eine Bestandsaufnahme seines Lebens zu machen, uns in Gesellschaft seiner Schattenfigur aufzuhalten, das in die Hände zu nehmen, was ihm gehörte, und dabei die schmerzliche Vorstellung zu haben, ihn zu berühren.

Vor einigen Wochen, genauer gesagt vor fünf, also drei Wochen vor seinem Verschwinden, stand er plötzlich mit einem Karton, voll bis obenhin mit Geschichtsbüchern, vor unserer Tür.

»Ich muß umziehen«, hatte er gesagt, »und dort, wohin ich gehe, gibt es keinen Platz für all diese Bücher. Könntest du sie nicht nehmen? Vielleicht interessieren sie dich oder die Kinder.«

»Aber das sind deine Geschichtsbücher! Die kannst du doch nicht einfach hergeben.«

»Das sind die, die ich doppelt habe.«

Ich hatte mich auf diese mutmaßliche Lüge eingelassen und war stocksauer auf Beatrice und ihren sturen Egoismus, der sie so weit trieb, sich Paolo, aber nicht seine Bücher ins Haus zu holen. Jetzt weiß ich, daß mein Bruder begonnen hatte, Ordnung in sein Leben zu bringen: Er war der lebende – und methodische – Vollstrecker seines eigenen Testaments. Und erst jetzt habe ich entdeckt, daß so ziemlich zur gleichen Zeit auch Fabrizio und die Mama ihr Erbteil erhalten hatten. Der Mama hat er seine zwei Marinebilder vermacht. »Ein Geschenk zu deinem Namenstag, heilige Sofia«, hatte er verkündet, und Sofia war glücklich und nahm schleunigst die beiden Gemälde an sich, ohne sich weiter Gedanken zu machen, daß Namenstage in unserer Familie nie und schon gar nicht mit einem so wertvollen Geschenk gefeiert wurden. Fabrizio bekam zwei Stühle, die Zwillingsstücke zu den anderen vier, die er bereits hat, und wieder brachte Paolo die Ausrede mit dem Platzmangel in der neuen Wohnung.

»So sind sie wenigstens mit ihren Schwestern vereint, zu zweit fühlten sie sich doch viel zu allein«, hatte er lächelnd erklärt, als handelte es sich um kleine Hunde, Vögel oder Kinder.

Hätten wir nur darüber gesprochen und eine Verbindung zwischen den Ereignissen hergestellt... so hätten wir vielleicht begriffen, daß etwas im Gange war. Wer weiß, ob wir dann geahnt hätten, daß er sich systematisch und gezielt seiner Besitztümer zu entledigen begonnen hatte. Möglicherweise hätten wir uns Sorgen gemacht, ihn ausgefragt, Druck auf ihn ausgeübt. Was genau wir gemacht hätten, weiß ich nicht, jedenfalls hätten wir nicht blind seine Geschenke entgegengenommen.

Wie kommt es nur, daß die anderen nicht begreifen, was vor sich geht? Ist ihnen nicht klar, daß es keine ernsthafte Alternative zum Selbstmord gibt? Daß eine Entführung höchst unwahrscheinlich und eine Flucht unrealistisch klingt und sie ihn, wenn er Opfer eines Autounfalls geworden wäre, längst gefunden hätten?

Und wenn in Wirklichkeit allesamt haargenau begreifen, was geschehen sein kann, nur daß sie genau wie ich zu große Angst haben, das zuzugeben?

Auch Beatrice ist nicht leer ausgegangen, doch da Paolo im Begriff war, zu ihr zu ziehen, machte sie kein großes Aufhebens deswegen. Sie hat von ihm ein paar Ringe und ein Armband bekommen. Sie hat sie mir gezeigt. Es sind Andenken an unsere Großmutter, und ich kann mir gut vorstellen, daß sie den Schmuck als ein Ehepfand und weniger als eine Hinterlassenschaft oder ein Abschiedsgeschenk entgegengenommen hat. Und erst bei jener Gelegenheit hat sie mir – noch unentschieden, ob sie stolz oder eher bestürzt sein sollte – von Paolos Großzügigkeit erzählt: Auch seine Freunde bedachte er nämlich mit kleinen Geschenken – einem Kunstdruck, einem alten Fotoapparat, einer Lampe, weiteren Büchern – und immer mit der fadenscheinigen Erklärung des Platzmangels. Wo waren wir, wo war ich, als er diese Bestandsaufnahme zum Lebensende machte?

Ich denke daran, wie sein Gemütszustand gewesen sein muß, während er diese Rituale beging, und finde einfach keine Ruhe. Keiner ist da, mit dem ich mich unter vier Augen austauschen könnte. Ich sehe ihn in der Haltung vor mir, die für ihn am typischsten und mir am vertrautesten war: Er steht etwas steif und schüchtern da, wie jemand, der ständig leichte Angst hat, wie ein Student, der nervös auf seine mündliche Prüfung wartet, obgleich er gut vorbereitet ist; oder wie einer, dem man den Eindruck vermittelt hat, er sei schon viel zu lange bei jemand zu Gast.

Diese Pose hätte ausreichen müssen, um mich wachzurütteln, mich mehr Dinge an ihm verstehen zu lassen, so wie ich sie jetzt verstehe.

Einer, der dasteht, den einen Fuß immer hinter den anderen gesetzt, als wäre er zum Rückzug bereit, als machte er im nächsten Augenblick einen Schritt zurück und verließe das Zimmer, um keinen mehr mit seiner Anwesenheit zu belästigen – das kann nicht einer sein, dem nichts fehlt, der glücklich oder heiter oder einfach zufrieden ist, wie wir leichtfertigen Gemüter es von ihm glaubten.

Wir haben nichts begriffen. Auch Beatrice nicht, die wie eine gramgebeugte Witwe das Monopol erhabener, unvergänglicher Gefühle für sich beansprucht. Ganz zu schweigen von der Mutter, die sich immer wie Paolos Braut fühlte; und gar nicht zu reden von mir, die ich im Namen der Kindheitsjahre, in denen wir ein Herz und eine Seele waren, gemeinsam lachten und weinten, doch irgendwie hätte begreifen müssen, daß Paolo auf immer nicht länger »stören« wollte. Aber kann sich einer tatsächlich schon Sorgen machen, weil der Bruder eine merkwürdige Haltung einnimmt, etwas wackelig auf den Beinen und leicht verlegen ist, weil er eben da ist, wo er gerade ist?

Doch das ist nicht alles.

Die Familienlegende besagt: Während ich einmal in der Schule war, hat sich Paolo, damals vier Jahre alt, nach einem ungewöhnlich harten Anpfiff von seiten der Mutter in den Gartenbrunnen gestürzt und ist im letzten Moment von einer Hausangestellten gerettet worden. Er hätte auch beim Spiel einfach hineingefallen oder ausgerutscht sein können. Doch wie auch immer, später erinnerte er sich an nichts mehr und wehrte laut lachend die Hypothese eines kindlichen Selbstmordversuchs ab.

Ich aber habe vier oder fünf Jahre später mit eigenen Augen gesehen, wie er eifrig Arzneien sammelte. Ich entdeckte sein Geheimarsenal in einer Blechschachtel, die auf dem Speicher ganz hinten in einer brüchigen Kommode versteckt war. Ich hatte sie geöffnet, weil auf der Staubschicht Fingerspuren waren und Paolo viel zu verdächtig drängte: »Laß sie doch zu, sie ist ja ganz schmutzig, ich glaub, da ist nichts Interessantes drin.«

Er tat so, als wäre er wegen der Entdeckung genauso verwundert wie ich, aber seine Verstellung war nicht gut: Die Schachtel, die ursprünglich Schokoladenriegel enthielt, war ein Geschenk einer Tante zu Paolos Geburtstag gewesen. Es waren unzählige Pillen in sämtlichen Farben drin, größere und kleinere, runde, flache, längliche. Tage später kontrollierte ich das Badezimmerschränkchen, wo unsere Mutter die Medikamente aufbewahrte, und fand verschiedene Flakons mit den Gegenstücken zu jenen Pillen – Mittel gegen Fieber, Husten, Entzündungen,

Verstopfung, Schlaflosigkeit, Herzrasen: und von denen hatte mein Bruder, vielleicht weil sie deutlich kleiner als die anderen waren, eine Unmenge zusammengetragen.

Trotzdem leugnete er weiterhin, der Besitzer der Arzneidose zu sein, und am Ende gelang es ihm sogar, sie mir zu entwenden, nach dem Prinzip: Die Dose war seine, und demzufolge stand ihm auch deren Inhalt zu. Meinerseits habe ich meinen Bruder wegen der mysteriösen kunterbunten Sammlung beneidet, und die Tatsache, daß sie das Resultat einer ganzen Reihe verbotener Raubzüge in Mutters Hausapotheke war, erhöhte ihren Wert enorm. Nach Ewigkeiten kam mir die magische violette Schachtel und das lustige Klickgeräusch der »Steinchen« in ihrem Innern wieder in den Sinn, und ich fragte ihn, was daraus geworden sei. Er aber tat meine Frage ab mit: »Du mußt übergeschnappt sein.«

Das sind alte, längst vergangene Geschichten, die wertlos sind, weil sie sich im Verlauf jener Krankheit zugetragen haben, die Kindheit genannt wird und die Gedanken und Wörter verdreht, zu sinnlosen Handlungen und Gesten verleitet. Aber auch später, als Paolo diese Krankheit längst hinter sich gelassen hatte, hatte es noch etwas anderes gegeben. Es war nichts Bedeutendes oder Auffälliges, vielmehr eine Kleinigkeit, und deshalb war es vermutlich in meinem Gedächtnis als Scherz unter Geschwistern abgespeichert worden. Im übrigen war es nicht viel mehr als ein bloßer Eindruck oder, weniger noch, ein vages Gefühl.

Eines Tages also, kurz nach meiner Heirat, komme ich ohne Vorankündigung ins Elternhaus, um nach einem Kleid zu suchen, das dort im Schrank zurückgeblieben war. Alles ist still und leer, die Haustür steht offen, das heißt irgend jemand muß da sein.

Ich rufe laut, aber keiner zeigt sich. Schließlich stehe ich in meinem alten Zimmer, ergreife – oder auch nicht – das, wonach ich suchte, und mache mich auf den Weg zu den Gemächern meines Vaters in der oberen Etage in der Hoffnung, wenigstens ihn anzutreffen. Als ich am Zimmer meines Bruders vorübergehe, höre ich ein leichtes Scharren, einen ganz schwachen, unfreiwillig ausgestoßenen Kehllaut, vielleicht ein hastiges Atmen wie von einem, der eine Anstrengung macht. Es war also doch jemand im Haus, aber eher ein Tier, ein Hund, eine Katze, als eine Person. Vorsichtig trete ich ein. Ich bin neugierig, aber auch ein wenig ängstlich. Und da sehe ich Paolo nackt auf dem Fensterbrett des offenen Fensters stehen. Er hat mir den Rücken zugewandt, und als er sich umdreht, blicke ich ihm ins Gesicht: Das ist das ganze Geheimnis.

Er fängt an zu lachen, aber nicht sofort. Für einen Augenblick wechselt sein Gesicht die Farbe von Weiß zu Rot, die Erschöpfung darin weicht dem Ausdruck von Verlorensein und Entsetzen. Er bricht in

Lachen aus, aber es scheint, als sei er den Tränen nahe. Der Gefühlsaufruhr hält nicht lange vor, sofort schafft er es, ihn unter Kontrolle zu bringen, ihn auszulöschen. Obgleich schon ein halbes Leben seither vergangen ist, habe ich in diesen Tagen versucht, mir jenen Sturm von Emotionen ganz langsam, im Zeitlupentempo, noch einmal anzuschauen.

Reglos stehe ich da und bringe keinen Ton heraus. Mein Blick ruht fest auf dem Bruder. Er lacht und sagt beim Heruntersteigen vom Fensterbrett: »Da habe ich dir ja einen schönen Schrecken eingejagt.«

»Aber warum bist du nackt?«

»Weil ich keine Zeit mehr hatte, mich anzuziehen. Ich lag im Bett, als ich dich kommen hörte.«

»Schwachkopf.«

Am Ende siegt die Heiterkeit, und mein Bruder kann mich überzeugen, daß er mich lediglich erschrecken wollte. Ich erinnere mich aber, daß ich mich mehr als einmal, rein hypothetisch, beinahe als philosophische Denkaufgabe, gefragt habe, was passiert wäre, wenn ich an jenem Nachmittag nicht gekommen wäre, vor allem nicht zur rechten Zeit. Hätten wir seinen Leib dann zerschmettert zwischen den Hortensien im Garten vorgefunden?

Warum habe ich ihn das nicht gefragt? Warum habe ich ihn deswegen nicht in die Mangel genommen? Warum habe ich eine so dumme Zurückhaltung an den Tag gelegt?

Er mochte damals vierundzwanzig oder fünfundzwanzig Jahre alt gewesen sein, und später war nichts mehr passiert, zumindest nicht, soweit ich wußte. Abgesehen von dem merkwürdigen Satz, den er letzte Weihnachten mir gegenüber geäußert hat, an einem unserer schrecklichen Weihnachten, das die Mama jahraus, jahrein auf die gleiche Weise, mit demselben Zeremoniell wie in unserer Kindheit feiern will: mit Christbaum und Krippe und Geschenkpaketen. »Das ist wegen der Kinder«, rechtfertigt sie sich und meint damit meine Kinder und die von Fabrizio, die man nicht mehr Kinder nennen kann. In Wahrheit will sie das nur um ihrer selbst willen. Und wir drei Geschwister plus Fabrizios Frau, alle schon im reiferen Alter, geben uns dazu her, wie willenlose Geisterwesen um den Baum herum zu sitzen und nach außen hin heiter und vergnügt Dankbarkeit zu heucheln.

Alles nur, um die liebe Frau Mama zufriedenzustellen, die uns so herzensgut im trauten Heim versammelt, und natürlich wegen der Geschenke, die wir gezwungen sind, unter uns auszutauschen, wohl wissend, daß der größte Teil davon ungenutzt in einem Schrank landen wird. In der Tat, was soll ich, Antialkoholikerin und ohne Geld, denn mit einer Kreditkartentasche oder einer Flasche Aprikosenlikör anfangen? Und die Brüder, wann werden die jemals die dicken Wollpullover oder den ewig gleichen

Schottenschal anziehen, die sie alle zwei Weihnachten unterm Baum finden? Und wird die Mama jemals all die Gästehandtücher, das Kölnischwasser, die Zuschnitte aus Stoff mit Pünktchenmuster, die Abendtäschchen benutzen, die wir ihr ohne Phantasie und unbeirrt immer wieder schenken?

Das letztemal ist Paolo ein wenig aus sich herausgegangen, hat die Maske des braven und zufriedenen Jungen abgelegt und wie zu sich selbst gesagt: »Nächstes Jahr werde ich nicht mehr dabeisein.« Und dieses *Nicht mehr* gefiel mir ganz und gar nicht, und vermutlich auch den anderen nicht. Trotzdem haben wir gedacht, es handle sich um eine gesunde Auflehnung gegen die Familienriten. Er wird wohl eine Reise geplant haben, stellten Fabrizio und ich uns vor. Aber kann man das noch eine Reise nennen?

Anderes fällt mir nicht ein, denn wir sehen uns einfach viel zu selten und reden kaum über persönliche Angelegenheiten, was auch meine Schuld ist. Ich muß wohl den Lehren unserer Mutter gefolgt sein, die behauptet, ein Satz weniger ist immer besser als einer zuviel: daher kam ihre Zurückhaltung besonders Fremden, aber auch Bekannten und Verwandten gegenüber, ihr Geizen mit Worten, mit einer bestimmten Art von Worten, denn bittere Worte, Vorwürfe, Zurechtweisungen, Aufforderungen hat sie uns nie erspart. Nicht fragen, dich nicht exponieren, dich nicht einmischen, nicht auf etwas beharren: so lautete ihr Credo, und dem bin ich am Ende gefolgt.

Mir ist bewußt, daß ich mit den Verlobten Paolos wahrscheinlich nicht mehr als drei- oder viermal unter vier Augen zusammengewesen bin. Weder mit der einen noch mit der anderen. »Hübsch ist sie, intelligent, aber ganz anders als wir«, lautet die Beschreibung, die Mutter noch immer für Beatrice parat hat. Während sie über Bianca, seine erste, ein schroffes Urteil fällte: »Was haben wir mit diesem Mädchen gemein?« Und ich habe mich duckmäuserisch gleich auf ihre Linie gebracht. Ein wenig schüchterten sie mich vielleicht auch ein, die Verlobten, vor allem Beatrice mit ihren schönen Kleidern, ihrem perfekten Haarstyling, als käme sie immer direkt vom Friseur, ihrem Metropolenflair, ihrer Sicherheit, ihrer Karriere. Die Mama hat nicht unrecht, wenn sie sagt, daß sie anders ist als wir. Wir sind provinzieller, vom Land, weniger raffiniert, und zugleich sind wir überzeugt, es auf einer höheren Ebene zu sein.

Bianca hat einmal versucht, sich mir zu nähern, um mir etwas zu sagen. Doch das ist nur ein Erinnerungsfetzen, ähnlich dem Gefühl, eine halb geschlossene Tür aufgemacht zu haben, durch die ich nie hätte schauen wollen.

Sie fragte mich: »Hast du einen Augenblick Zeit?« Und ich, die ich kaum zuhörte, reagierte zerstreut:

»Sicher, gleich.« Diese zögernde Annäherung habe ich ausgeschlagen, vielleicht weil ich vor Schüchternheit wie blockiert war. Und sie hat nicht insistiert.

Vielleicht wollte sie über Banalitäten, über Probleme mit unserer Mutter, über Paolos Unentschiedenheit, über seine Absichten, über irgendeine Auseinandersetzung zwischen ihnen beiden sprechen: jedenfalls über Dinge dieser Art. Doch jetzt denke ich, daß sie eine Andeutung über das Geheimnis meines Bruders machen wollte. Und ich stellte mich taub, als wäre ich nicht seine Schwester, sondern eine entfernte Verwandte, die von ihren eigenen Angelegenheiten, dem Haushalt, der Küche, dem Geld und den Kindern in Atem gehalten wird.

Bianca

Soeben habe ich es erfahren. Monatelang hegte ich den Traum, daß er von dort, wo er war, verschwinden und hier, wo ich bin, wieder auftauchen würde, daß er seine Welt verließe, um in meine einzutauchen, daß er für mich ein neues Leben anfinge, mit neuen Freunden, in einer neuen Familie. Statt dessen hat er es für jemand anderen getan. Oder vielleicht doch nur für sich selbst. Seit rund zwanzig Tagen ist er verschwunden, haben sie mir gesagt. Er ist abgehauen. Ich hoffe, daß er abgehauen ist! Wenn es stimmt, hat er gut daran getan. Ich hätte es mir denken können, daß es so endet. Er hat einfach nachgegeben wie einer dieser reizenden, zerbrechlichen antiken Stühle in seinem Schlafzimmer, auf die man sich fallenläßt. Armer Teufel, armer Paolo. Aber auch: gut gemacht, Paolo!

Schon immer, und vor allen anderen, war die Signora Mamma für ihn eine Last. Sie verkörperte die Erinnerung an den lieben Vater, der alle miteinander – Frau wie Kinder – hintergangen hat. Und dann die Schwester mit ihren finanziellen Problemen und der Bruder mit seinem Komplex, der am wenigsten geliebte der Geschwister zu sein. Hinzu kam in den letzten Jahren die perfekte Verlobte, die offizielle Verlobte, die zukünftige Braut, die ein Ebenbild en miniature der Frau Mama ist, nicht so grandios und nicht ganz so zerstörerisch wie diese, aber gleichermaßen bedrängend, fordernd, erdrückend. So wird mir erzählt.

Wir hätten ein gutes Leben haben können, wir zwei, und wir hatten es auch in den Momenten, Tagen oder Wochen – mehr Zeit war es nicht –, in denen er vergessen konnte, wer er war, und vor allem, was sie von ihm wollten. Doch kaum kamen ihm die Erwartungen seiner Familie, die er zu den seinen gemacht hatte, wieder in den Sinn, schon stand ich, die Kindergärtnerin und Tochter einer Friseuse, auf verlorenem Posten.

Es stimmt, daß ich über meinen Vater, der weggegangen ist, als ich drei Jahre alt war, und nie mehr zurückgekehrt ist, so gut wie nichts weiß. Aber meine Mutter hat einen schönen Friseursalon und einen festen Kundenkreis, der aus nicht besonders extravaganten, nicht allzu modischen Damen besteht – nicht der überkandidelte Typ, der an einem Tag die Haare blond, am nächsten rot will, sondern von der stillen, treuen, ein wenig einfachen Art, die sich nur farblosen Nagellack auftragen läßt. Seine Mutter wäre die perfekte Kundin meiner Mutter. Doch der Gedanke, daß ich Tochter einer Friseuse bin, quälte ihn. Denn das war der Grund, weshalb seine Familie ihn quälte. Sie dachten bei Friseuse nämlich an eine, die den Kundinnen die Haare wäscht, was meine Mutter vielleicht vor dreißig Jahren gemacht hat. Und wenn mein eigener Bruder mit einem solchen Mädchen Umgang hätte – sie würde die Nase rümpfen.

Paolo hätte lieber gehabt, daß ich Waise wäre, daß meine Mutter sterben würde und mit ihr auch der Friseursalon. Das sagte er zwar nicht, wollte es nicht sagen, doch ich begriff es trotzdem. Und manchmal, wenn ich außer mir war, zwang ich ihn, das zuzugeben, diese Worte auszuspucken, die, obwohl sie giftig waren, mich durch meinen Panzer aus Stolz nicht wirklich treffen konnten. Schweren Herzens erniedrigte er sich und gestand vor mir, daß die Idealvorstellungen seiner Familie für ihn, der schon längst erwachsen war, noch immer zählten. Diese Zukunftsträume waren so erbärmlich, daß es eigentlich verboten sein müßte, sie als solche zu bezeichnen. Es waren Ansprüche, die er im Laufe der Zeit übernommen hatte. Wenn ich zuließ, daß er wieder stark und selbstsicher war, stritt er alles ab, wiederholte, daß nichts davon stimmte und es ihn nicht im mindesten interessierte, wessen Tochter ich sei – dahinter steckte Liebe, oder nicht? Vielleicht glaubte er selbst daran. Aber es waren eben nur Lügen, ansonsten hätte er es geschafft, sich aufzulehnen.

Seine Mutter hatte ihm von klein auf eingeimpft, daß sie das Höchste für ihn anstrebte. So lautete sein Gutenmorgen-, sein Gutenabend- und sein Gutenachtwort. Und Paolo hatte begonnen, das Höchste anzustreben. Natürlich hatte er es nicht gefunden, denn wenn das Höchste so heftig begehrt wird, verschwindet es sofort, nimmt eine andere Gestalt an, erscheint nicht mehr als das gleiche wie zuvor. Er hat mich gefunden, die ich bestimmt das Höchste für ihn war – wie er es für mich war –, doch er war sich dessen nicht bewußt. Oder vielleicht hat er es einen Moment lang, ganz am Anfang, erahnt und hat so lange daran geglaubt, bis ich ihm vom Friseursalon meiner Mutter erzählt habe. Von dem Augenblick an, es war einfach stärker als er, war sein Blick getrübt.

Natürlich mußte ich den entscheidenden Schritt tun und ihn verlassen, er hätte nie den Mut dazu gehabt. Wäre es nach ihm gegangen, hätten wir noch jahrelang weitergemacht und wären uns immer mehr feind geworden. Er ertrug die Vorstellung nicht, mich zu verlassen, nur weil ich die Tochter einer Friseuse bin: das hätte er für geschmacklos, ungehörig, vulgär, unter seinem Niveau angesehen. So erfand er das Problem der charakterlichen Unverträglichkeit. Doch er wußte ganz genau, daß es sich um einen Vorwand handelte, denn er war unfähig, eine Entscheidung zu treffen; stur hielt er Abstand, schwieg beharrlich wie ein mürrischer Alter, und die Unzufriedenheit war ihm ins Gesicht geschrieben.

Als ich ihm verkündete, daß ich ihn verlassen würde, sah ich Erleichterung in seinem Gesicht. Es tat ihm auch leid, vielleicht war es sogar schmerzlich für ihn, aber seine stärkste Gefühlsregung war ohne Zweifel die Erleichterung. Von einem Tag auf den nächsten war er wie ausgewechselt: Er redete von neuem mit mir, gab sich liebevoll, ja, sogar heiter. Er wurde wieder so wie damals, als ich ihn kennenlernte und er mir gefiel. Deshalb war ich auch versucht, meinen Entschluß zu überdenken. Aber ich habe widerstanden, wußte ich doch, daß es nur der Abschiedsreigen war, ein grauenhaftes Fest für mich, denn ich war gezwungen, mich von der guten Laune anstecken zu lassen, die ich durch die Ankündigung meines Abschieds hervorgerufen hatte. Für mich wurde das Begräbnis einer Lebenden veranstaltet, bei dem zwar ein paar Tränen vergossen wurden, hauptsächlich aber tiefes Aufatmen zu spüren war, wie bei einer Person, die sich nach langer, schwerer Krankheit auf immer davonmacht.

Nachdem die Anfangsfreude vorüber war, hat Paolo die Dreistigkeit besessen, sich niedergeschlagen, untröstlich vor lauter Verlorensein, hilflos angesichts der plötzlichen Einsamkeit zu zeigen. Es lag dann an mir, ihn mit den letzten guten Worten zu bedenken, die ich noch finden konnte, ihm Mut zuzusprechen, ihm zu sagen, daß es besser für beide sei. Aber nicht eine Sekunde lang hat er versucht, mich aufzuhalten, zumindest nicht auf für mich glaubwürdige Weise. Er hat mir als Trostpreis, was sonst, ein paar schöne, ergreifende Sprüchlein angeboten. Zum Schluß mußte ich noch einen gequälten Austausch von Phrasen, der sich über Tage hinzog, über mich ergehen lassen. Ich hätte ihn umbringen können.

»Sind wir Freunde?«

»Natürlich sind wir das.«

»Ich werde dich nicht vergessen.«

»Ich dich auch nicht.«

»Was wirst du jetzt tun?«

»Keine Sorge.«

»Bist du dir sicher?«

»Es war doch meine Entscheidung.«

»Vielleicht begehen wir einen Fehler.«

»Es ist nun mal so gekommen.«

Hinterher war ich ganz und gar nicht froh, doch das habe ich für mich behalten. Nachdem meine Wut verraucht war, ihn aus einem so lächerlichen, banalen und blöden Grund wie dem Beruf meiner Mutter verloren zu haben (»das Shampoomädchen«, höre ich sie im Geiste noch immer lästern), fehlten mir richtiggehend seine Schüchternheit, seine Ironie, sein Flair des wohlerzogenen Jungen und zu meinem

Leidwesen sogar sein leichter Akzent, den er von zu Hause hatte. In meiner Freizeit streifte ich durch die Stadt, pilgerte durch die Straßen, in denen wir Seite an Seite spaziert waren, und war zugleich voller Panik, ihm begegnen zu können (›Ach, sieh einer an, sie sucht nach mir‹, hätte er dann gedacht, und ich hätte vor Scham sterben müssen). Zugleich war meine Sehnsucht riesengroß, ihn auch nur aus der Ferne zu sehen, ohne daß er mich bemerken würde.

Wenn ich in seine Wohngegend kam, schlug mir das Herz bis zum Halse, und ich wagte nur einen flüchtigen Blick auf die Bars, die Apotheke, den Blumenhändler, den Zeitungskiosk, die Buchhandlung, vor lauter Angst, daß er plötzlich vor mir stehen könnte.

Aus reiner Lust, mich selbst zu quälen, kehrte ich in die alten Straßen zurück, denn längst fühlte ich mich dort fremd, ja vertrieben, und wenn nicht aus dem Paradies, dann zumindest aus einem Ort, an dem ich einmal glücklich war und an dem ich dummerweise über längere Zeit, vielleicht sogar für immer, hätte bleiben mögen. Dieses einsame Umherwandern vermittelte mir das Gefühl, tatsächlich die heruntergekommene Tochter einer Haarwäscherin zu sein, die sich in einem viel zu eleganten Viertel verirrt hat.

So habe ich meine Ausflüge eingestellt, habe mich beruhigt und mich in mein Schicksal gefügt. Paolo habe ich sehr selten gesehen: einmal zufällig auf der Straße, und mir kam es so vor, als wäre er viel erschrockener als ich. Ein paarmal haben wir uns verabredet und gaben dabei das höchst triste Bild der guten Freunde ab, die so tief gesunken waren, übers Wetter zu reden und sich trotz der witzigen Bemerkungen und gezwungenen Scherze miteinander langweilten.

Nachdem einige Monate vergangen waren und der schlimmste Schmerz gestillt war, konnte ich sogar in Erwägung ziehen, daß der Beruf meiner Mutter ihm letztendlich ziemlich gleichgültig war. Mein Charakter war es, der nicht demütig war, wie er ihn vermutlich gewollt hätte, und ihm das Leben viel zu schwer gemacht hat: Ich mußte jedes Ding diskutieren und immer das Gegenteil vom Vernünftigen, Vorhersehbaren, Geordneten tun. Stets hatte ich einen bizarren, auffälligen Kleiderstil … niemals trug ich diese reizenden taubengrauen Jäckchen und die braven Röcke in gedämpften Farben, was sein tragisches Ideal gewesen wäre. Außerdem waren da meine Neigung zur Rechthaberei (auch wenn sich dann meistens herausstellte, daß ich tatsächlich recht hatte); meine mangelnde Anpassungsfähigkeit an sein diskretes Benehmen; meine lärmenden Streitereien, meine heftigen Wutausbrüche, mein übertrieben lautes Lachen und Weinen. Unablässig bestürmte ich ihn mit Ideen, die so anders waren als seine, die ihn aufrüttelten, ihn herausforderten und ihm zuwider waren. Das ging sogar so weit, daß ich entscheiden wollte, wo auf dem Tisch die Wasserflasche hingestellt wird; nicht weil es mich tatsächlich interessierte, sondern um ihn von seinen vorgefertigten Ansichten abzubringen, die er von zu Hause, von der Mama und dem Papa, dem Bruder, der Schwester und den Großeltern übernommen hatte.

Ich muß zugeben, Paolo war arm dran mit mir. Nie habe ich ihn in Ruhe gelassen, ich habe ihn bedrängt, ermüdet, ihn bis zur Verblödung vollgelabert. »Du hast viel zuviel Phantasie«, sagte er zu mir, und ich glaubte, das wäre ein Kompliment. Oder: »Du bist so südländisch«, und auch dieses Prädikat gefiel mir. Oder auch: »Wo hat man so eine wie dich denn versteckt gehalten?« Für mich klang das wie eine Liebeserklärung.

Zumindest bleibt er durch mich lebendig, versicherte ich mir in den wenigen Momenten, da ich mir selbst übertrieben vorkam. Ich halte ihn wach, fern von der Lethargie, in der er steckte, als ich ihn seinerzeit kennenlernte, frei von der Unterdrückung durch die Familie, heiter und gesund. So riskiert er nicht, sich zu verkriechen, der Melancholie zum Opfer zu fallen, die stets auf ihn lauert und ihm so gut zu Gesicht steht, ihn aber unter sich zu begraben droht. So wird er mich nicht vergessen können, so werde ich ihm wie wahnsinnig fehlen, sobald wir uns getrennt haben. Für einen Typen mit einem solchen Charakter, so machte ich mir selbst Mut, braucht es eine wie mich, vital und unkonventionell: Die Gegensätze ziehen sich an, wir ergänzen uns, wären wir uns zu ähnlich, könnten wir keinen gemeinsamen Schritt machen. Statt dessen, seht nur her, wie weit wir es gebracht haben.

Es gab Tage, das stimmt, da schien er ein anderer zu sein. Da behandelte er mich, als wären wir einander erst kürzlich vorgestellt worden. Als hätte er mich noch nie berührt, als wäre ich eine Fremde und durchsichtig wie Glas. Er verhielt sich zuvorkommend und korrekt, aber er schien wie aus einer anderen Welt, in die er, obwohl ich mit ihm zusammen war, regelmäßig zurückkehrte.

»Wie geht es dir?« fragte er mich dann. »Hast du gut geschlafen?«, »Hast du gesehen, was für eine Sonne heute morgen?«, »Wo hast du gespeist, gestern abend?« Ich haßte das Wort Speisen, das mich an seine Mutter und ihre geschraubte Redeweise erinnerte. Oder er erzählte mir von sich, als hätten wir nicht bereits seit Jahren miteinander Umgang, als wüßte ich nichts von ihm.

»Ich habe schlecht geschlafen heute nacht«, erklärte er beispielsweise, »denn ich habe ein Bett, das ich schon längst hätte richten lassen sollen.« Als hätte ich noch nie sein Bett ausprobiert. Oder: »Heute abend gehe ich mit alten Freunden aus. Es ist eine Gruppe, mit der ich jedes Jahr zum Skilaufen fahre.« Als würde ich seine Skikumpel nicht kennen. Oder auch: »Ich muß in der Apotheke vorbeigehen, um mir etwas gegen die Kopfschmerzen zu holen.« Als hätte ich keine Ahnung von seiner Migräne. Liebenswürdig und kühl war er und hielt mich auf Abstand, wobei er Worte, Bindungen, Gewohnheiten und Erinnerungen auswischte. Bei solchen Gelegenheiten war er in der Lage, wegzugehen, ohne mir zu sagen, wohin, und das tat er seelenruhig, denn einer flüchtigen Bekannten gegenüber ist man ja nicht gehalten, Auskunft zu geben. Er vergaß mich wie einen Mantel, den jemand auf einem Stuhl liegenläßt; der nicht allzu abgetragen und offensichtlich noch in gutem Zustand war, denn früher oder später fehlte er ihm, und er kam zurück, um ihn sich wiederzuholen.

Aus irgendeinem Grund verleugnete er mich, verwischte meine Existenz; ich sollte wieder eine unter vielen werden, eine, die nicht zählt. So als würde er zu sich selbst sagen: »Die da? Ich schwöre es, das ist nicht meine Verlobte, ich werde wohl ein paarmal das Wort an sie gerichtet haben, mehr aber auch nicht. Sie ist hübsch, ja, aber sie interessiert mich nicht, sie ist nichts für mich, ist nicht mein Typ. Das kann ich beschwören. Sie wird es gewesen sein, die diese Gerüchte über eine Verlobung in Umlauf gebracht hat.«

Oder vielleicht wollte er sich testen und am eigenen Leib erfahren, wie ein Leben ohne mich aussehen würde. Sein schönes Experiment gelang ihm vorzüglich. Er wirkte ruhiger, heiter, glitt beinahe wie im Engelsflug über meine Existenz hinweg, drängte mich beiseite, übersah mich einfach, richtete seine Aufmerksamkeit in eine ganz andere Richtung. Er radierte alles aus, was wir bis dahin gemeinsam gemacht hatten. Es vergingen drei, vier Tage, bis er aus seiner Amnesie erwachte, manchmal dauerte es auch eine Woche. Als sei nichts geschehen, tauchte er wieder auf und war ganz der alte. Doch er versuchte sich nicht zu rechtfertigen, brachte keine Entschuldigungen, für ihn war es so, wie es war, richtig und normal.

Ich brauchte etwas länger, um mich von den Leerzeiten, die er mir wie Verletzungen beibrachte, zu erholen. Hinterher war ich beleidigt, verloren und grimmig, aber auch ungläubig und jedesmal entschlossen, es ihm nicht mehr durchgehen zu lassen. Zuerst war ich ihm böse, verlangte Erklärungen, horchte ihn aus, bohrte nach, wollte auf Teufel komm raus etwas begreifen. Doch seine Verwunderung über meine Reaktionen wirkte so echt, daß meine Wut schließlich verpuffte. Und mit der Zeit habe ich mich daran gewöhnt, oder besser gesagt, ich habe resigniert.

Was er an den Tagen seiner Abwesenheit tatsächlich machte, weiß ich nicht. Er wird eine andere haben, meinten die Freundinnen voreilig. Meine Mutter hingegen, die Haarwäscherin, ausgerechnet sie, deren er sich schämte, verteidigte ihn wie eine Löwin.

»Laß doch sein, er ist ein Goldjunge. Was kümmert es dich, wenn er zwei- oder dreimal im Jahr für ein paar Tage die Schotten dichtmacht? Er wird seine Ruhe brauchen, Männer sind nun mal so.«

»Aber es sind mehr als zwei Tage, und es kommt fünf- oder sechsmal im Jahr vor«, beharrte ich und war unglücklich. »Sollte er seine Ruhe denn nicht bei mir finden?«

»Aber schau dich an, hör dir mal zu, wie du redest? Wer könnte je bei dir seine Ruhe finden?« lachte meine Mutter und deutete damit Paolos Fluchten als das, was ich damals noch nicht akzeptieren wollte: Es waren Kurzferien von meinem Ego, von meinen übersteigerten Verhaltensweisen, von meinem pausenlosen Hinter-ihm-her-Sein.

Als wir uns dann trennten, war die Mutter bestürzt und zugleich sauer auf mich. »Alles deine Schuld«, warf sie mir immer wieder vor.

Vielleicht lief er weg, um zu träumen, um sich der Täuschung hinzugeben, ein anderer zu sein. Vielleicht wollte er sich ein ganz neues Leben aufbauen, wofür er einem, wer weiß, wann, entworfenen Phantasieplan folgte, den seine Mutter vermutlich weiterhin für ihn spann, und zwar sonntags. An jedem

Sonntag des Jahres hielt sie ihn nämlich mit schöner Regelmäßigkeit rund zwanzig Minuten lang am Telefon fest.

Im Laufe dieser Unterredungen entwarf die großartige Mutter für ihn ein raffiniertes Leben mit hohem Lebensstandard, in dem die kleinen Alltagsprobleme überhaupt nicht existierten – sein Magengeschwür, seine beruflichen Sorgen oder seine Neigung, mehr auszugeben, als er verdiente –, ein Leben inmitten von eleganten und schönen Personen, Häusern, Dingen, in dem es freie Stunden und Tage gibt, die Reisen, Konzerten, Museumsbesuchen und einem ausgewählten Freundeskreis gewidmet werden können. Ein gekünsteltes Leben ist das, wie auf den Seiten einer Illustrierten oder in einer Werbung für harte Drinks, behaupte ich. Ein Leben, in dem es für mich keinen Platz gäbe, da ich, was Stil und guten Geschmack angeht, ganz sicher aus dem schönen, wenn auch nur erdachten Rahmen herausfiele.

Armer Paolo.

Jetzt, da er weg ist, kehrt schmerzlich die Erinnerung an jene Tage zurück. Ständig muß ich an ihn denken und frage mich, wie es ihm ergehen mag, wo er ist, wie er sich fühlt und woher er die Kraft genommen hat, das zu tun. Ich bin besorgt, aber in gewisser Weise auch zufrieden. Seine Flucht bringt mir nichts, dessen bin ich mir sehr wohl bewußt, zumindest aber hat er es geschafft, sich zu befreien. Meine Zufriedenheit ähnelt der, die ich für ein Tier im Zoo verspüren würde, dem die Flucht gelungen ist, oder für einen Wellensittich, der aus seinem Käfig geflattert ist. Auch wenn ich mir noch nicht vorstellen kann, wie er es überhaupt angestellt hat, so anständig, so gediegen und auf das Erscheinungsbild bedacht, wie er eigentlich ist.

Wenn er jedoch tot ist?

Fabrizio

Ich denke an Paolo, von dem wir weiterhin keine Nachrichten haben. Er ist verschwunden, hat sich in nichts aufgelöst. Und obwohl er uns allen nur Sorgen und Ängste bereitet, ist er inzwischen zu einer mythischen Figur geworden: Die Perfektion des großen Abwesenden hat ihn in unerreichbare Ferne gerückt, während ich weiterhin der langweilige, nicht besonders intelligente und vielleicht auch neidische Bruder bin. Abgesehen vom Neid trifft das wohl alles zu. Guten Gewissens kann ich behaupten, daß ich Paolo nicht beneide. Schon vor geraumer Zeit habe ich mich aus dem Wettstreit zurückgezogen, denn die Prämie – die stetige Aufmerksamkeit und Fürsorglichkeit der Mama – hat mich früher nicht besonders interessiert und läßt mich auch heute kalt. Denn das perfekte Leben meines Bruders war in meinen Augen noch nie perfekt: Es war ein Leben in der ewigen Sorge, immer das zu tun, was den anderen genehm ist, während man eigentlich Lust hat, etwas ganz anderes zu machen.

Anfangs hatte auch ich versucht, der Mama gefällig zu sein, das zu wählen, was sie bereits für mich gewählt hatte, aber ich bin wieder davon abgekommen – nicht etwa aus Rebellion oder dank besonderer Willenskraft, sondern weil mir schien, ich könnte ihre Gedanken lesen. Nicht wirklich meinetwegen lag ihr am Herzen, daß ich gut in der Schule war, mich auf eine bestimmte Art kleidete, mit Leuten verkehrte, die sie für mich wollte, redete, so wie sie redete, lebte, so wie sie lebte: Nein, das waren nur Lorbeeren, mit denen sie sich schmücken wollte, um in gutem Licht dazustehen, sich bewundern zu lassen, sie, die intelligenteste, die fähigste aller Mütter.

Von dem Zeitpunkt an, da ich mir nichts mehr daraus machte, ihr zu Gefallen zu sein, und damit ihre Hoffnung zunichte machte, sich eines liebevollen, anbetungswürdigen, sanften und ergebenen Sohns rühmen zu können, verlor sie jegliches Interesse an mir. Sie zog es vor, mich im Hintergrund zu halten, anstatt mich in der Öffentlichkeit zur Schau zu stellen, verwahrlost, wie ich war: mittelmäßige Leistungen in der Schule, Klamotten, wie sie gerade kamen, zweifelhafte Freundschaften, unmögliche Manieren und eine Sprache, die nichts für ihre Ohren war. Jahrelang habe ich meine schlechten Seiten besonders herausgekehrt. Das tun alle Jungen, aber ich übertrieb. Denn ständig hatte ich dieses Idyll zwischen Paolo und der Mama vor Augen, das ich absolut nicht anstrebte und das mich trotzdem quälte.

In meinen schlimmsten Zeiten hätte sich unsere

Mutter wahrscheinlich ernsthaft gewünscht, mich in einem Hinterzimmer oder, besser noch, bei irgendeinem Verwandten zu verstecken. So unternahm sie eines Tages tatsächlich den Versuch, mich bei meinem Vater im Dachgeschoß einzuquartieren. Bei dieser Gelegenheit bediente sie sich eines vorsichtigen und liebevollen Tonfalls, wie immer, wenn sie sich ihrer Sache nicht besonders sicher war.

»Jetzt, da du groß bist und deinen Freiraum brauchst, wäre der richtige Platz für dich oben bei Papa, nicht hier unten bei uns Weibern und dem kleinen Kind. Papa wird dir auch beim Lernen helfen, besser, als ich es kann, er wird dir ein Vorbild und Ratgeber sein. Auch er wird froh sein«, meinte sie abschließend und wählte bedachtsam ihre Worte, »nicht immer so allein sein zu müssen.«

Natürlich hätte ich am liebsten gleich meine Koffer gepackt und mich nach oben verzogen. Abstand halten zu können von der ständigen und keineswegs stummen Mißbilligung meiner Mutter, das eröffnete mir eine unverhoffte Perspektive. Ich nahm ihren Vorschlag an, wog jedoch meinerseits die Worte gut ab, wer weiß, ob instinktiv oder um ihr nicht zuviel Oberwasser zu lassen. »Ich werde nach oben ziehen, wenn du willst«, erwiderte ich neutral. Mir war nicht bewußt, daß die Mama sich ganz einfach die Dreistigkeit erlaubte, mich loszuwerden und damit zugleich den Vater zu ärgern, ihn von seinen Passionen abzulenken, zu denen die des Vaterseins wahrlich nicht gehörte.

Er wiederum hatte nicht die geringste Schwierigkeit, den Vorschlag in meiner Gegenwart zunichte zu machen. »Mir erscheint das keine gute Idee«, meinte er mit seiner ironischen Leichtigkeit, »denn ich bin oft außer Haus, und der Junge wäre am Ende beinahe immer sich selbst überlassen.« Ehe ich mich's versah, war ich für ihn zu einem x-beliebigen Jungen geworden, war nicht mehr sein Sohn, nicht mehr ich, Fabrizio. Und zu mir gewandt, fügte er mit einer gewissen distanzierten Höflichkeit hinzu: »Du bist natürlich immer auf einen Besuch bei mir willkommen und kannst auch, wenn du willst, manchmal bei mir übernachten, aber was das Alltagsleben angeht, bist du zu Hause, bei deiner Mutter, besser aufgehoben.«

Damit war das Thema abgeschlossen, jeder Widerspruch war im Keim erstickt, obwohl allgemein bekannt war, daß Papa kaum außer Haus ging, und wenn, nur am Vormittag zur Universität. Als die Mama dann mit mir allein war, mußte sie diesen Umstand mit ihrer üblichen sanften und zugleich grausamen Eleganz hervorheben.

Es war so, als gäbe es in der Welt meiner Eltern nicht wirklich einen Platz für mich. Meinetwegen fanden keine Konkurrenzkämpfe zwischen ihnen statt wie bei anderen Eltern; nicht im entferntesten dachten sie daran, sich meine Zuneigung streitig zu machen. Im Höchstfall vermittelten sie mir das Gefühl, als Spielball bei ihren Scharmützeln nützlich zu sein, und so schubsten sie mich mal hierhin, mal dorthin, ohne wirklich auf mich zu achten, ohne mich wahrzunehmen, nur um sich besser bei ihren Strategiespielen bewegen zu können: die Königin und der König auf dem Schachbrett, die sich gegenseitig schachmatt setzen wollen, und ich der Turm, das Pferd, der Reiter, aber viel öfter nur der Läufer. Ein kleiner und harmloser Läufer, der nichts wert ist, denn zu jener Zeit war ich nur zehn, zwölf, fünfzehn Jahre alt, ein Alter, in dem man noch zärtliche Gefühle, zumindest bei den eigenen Eltern erwecken kann. Offensichtlich aber nicht ich bei den meinigen.

An früher, als mein Vater und meine Mutter noch zusammenlebten, erinnere ich mich kaum. Nur Eindrücke sind mir geblieben: Meine Schwester und ich plus das Neugeborene, der kleine Bub, über den die beiden so viel redeten, als wäre er krank oder behindert. Ganz im Gegenteil aber war er schön und gesund, und ich betrachtete ihn, wenn er gefüttert wurde, und in seiner Wiege, während er schlief. Doch um ihn herum herrschte eine gewisse Unruhe und Hektik, die aus halb ausgesprochenen Worten, bruchstückhaften Gedankengängen, Seufzern, Mimik und Verhaltensweisen gemacht war, die mir keiner zu erklären wußte.

Ich erinnere mich an eine undeutliche Angst, eine Ungewißheit, ein Gefühl von Verlorensein, als hätte die Geburt meines Bruders Unordnung ins Haus gebracht oder, schlimmer noch, als wäre seinetwegen das Dach über unserem Kopf nicht mehr sicher, sondern klaffte an verschiedenen Stellen auf und ließe Regen und Wind eindringen. Ich spürte deutlich den Gegensatz zwischen den Beglückwünschungen, Freudentönen, manchmal auch der Rührung der Verwandten, die kamen, um das Kind zu bestaunen, und der merkwürdigen Verschlossenheit, der schlecht verhüllten Verlegenheit unserer Eltern.

Dann geschah, was ich unbewußt befürchtet hatte: Wenige Monate nach der Geburt meines Bruders richtete mein Vater die Räume im oberen Stockwerk für sich her und zog allmählich, Stück für Stück, dorthin um; zuerst wohnte er nur ab und an dort, hielt sich mehr unten als oben auf, dann war's umgekehrt, bis klar war, daß er woanders wohnte und nur auf Besuch zu uns kam, in ein Zuhause, das nicht mehr seines war, wo er weder schlief noch seine Sachen stehen hatte.

Es gibt kein genaues Umzugsdatum: zumindest ist uns kein bestimmter Tag in Erinnerung geblieben. Der Vorwand dafür war, ich weiß nicht, ob es offen ausgesprochen oder von jedem für sich so verstanden wurde, daß mein Vater sich für einen gewissen Zeitraum Paolos Geschrei entziehen mußte, das ihm die nötige Ruhe zum Schlafen und zur Kopfarbeit raubte.

Tatsache ist, daß er nicht wieder nach unten umzog, auch nicht, als Paolo aufgehört hatte zu schreien. Dennoch schien es mir nicht, als wären meine Eltern mit dieser Wohnlösung zufriedener oder glücklicher. Ich habe nie an das Märchen von den vielen Freundinnen geglaubt, die meinen Vater besuchen kamen – ich habe einfach nie solche Scharen zu Gesicht bekommen –, und auch damals überzeugte mich unsere Mutter nicht, als sie vor uns betonte, daß diese Trennung für sie nur von Vorteil wäre, für alle wäre sie das, denn schlußendlich wohnten wir ja immer noch unter einem Dach, nur in mehreren Etagen, wie es in vielen Familien gehalten wird.

Als wir dann allein waren, explodierte die Liebe der Mama für unser Brüderlein, als hätte sie sie in Papas Gegenwart gewaltsam verdrängen und verbergen müssen und könnte sie erst jetzt wirklich zum Ausdruck bringen. Als gehörte unser Bruder nur ihr, und im Handumdrehen waren Sprödigkeit und Befangenheit, die sie anfangs um seine Wiege herum gezeigt hatte, vergessen.

Im Gegenzug wurden meine Schwester und ich zu weniger interessanten, weniger wichtigen, weniger wunderbaren Kindern deklassiert. Unsere kleinen Streiche, unsere kindlichen Sätze wurden nicht mehr wie Schmuckstücke gesammelt, damit Verwandte und Freunde sie bewundern könnten. Jetzt waren es Paolos Lächeln, Paolos Launen, Paolos Gebrabbel, die in die Annalen des Hauses eingingen: Das geschieht in allen Familien, wenn ein neues Kind da ist. Bei uns aber ging die Veränderung abrupter und radikaler vonstatten, und nie mehr wieder kehrte eine Normalität zurück. Auch jetzt ist sie nicht vorhanden; doch was mich angeht, ist das Hier und Heute zum Normalzustand geworden, denn praktisch erinnere ich mich nicht mehr an die Zeit, als es anders war, als mein Bruder noch nicht auf der Welt war.

Aus jener Zeit wahrscheinlich rühren meine Ängste. Vor allem die Angst, das wenige zu verlieren, das ich hatte, oder das viele, je nach Standpunkt: die flatterhafte Zuneigung der Mama, die beiläufige Aufmerksamkeit von Papa, die hingebungsvolle Bewunderung meiner Schwester, die Tagesregeln, die Stundenordnung, das Haus, seine Gerüche und Töne, all das, was bekannt, vertraut und beruhigend für mich war. Beispielsweise die Geräusche, die am Morgen vom Garten herauf in mein Zimmer drangen: der Mann, der den Kies auf den Wegen rechte, der Brunnen, der mit einem leichten Gluckern unveränderlich immer denselben Wasserstrahl ausspie, die klagende Stimme der Haushälterin, die irgendwo mit jemandem sprach, doch die Wortfetzen, die bis an mein Ohr gelangten, waren viel zu unzusammenhängend, als daß sich ein Sinn daraus ergeben konnte. Alle Anzeichen von Normalität und Beständigkeit hatten Gewicht und beruhigten mich wie eine geliebte Stimme, die nie verstummt.

Heute wird mir klar, daß meine Ängste berechtigt waren, denn nichts von dem, woran ich mich klammerte, ist noch übrig. Niemand hantiert mehr mit dem Rechen, denn der große Garten mit seinen Brunnen und Wegen ist auf die Hälfte geschrumpft, hat einem Wohnhaus mit sechs Wohnungen Platz gemacht. Das Haus, das ich als Erstgeborener erben sollte, wird an Paolo übergehen, darauf könnte ich schwören, wenn es nicht sogar zusammen mit den restlichen Feldern verkauft wird, damit Mama und Annamaria ihr Auskommen haben.

Die Veränderung kam nicht über Nacht, sondern schrittweise, ganz selbstverständlich, und als ich mir ihrer bewußt wurde, war bereits alles zu spät. Der erste, der verschwand, war der Gärtner, und mit ihm verschwand der Schotter auf den Wegen, den er jeden Morgen fein säuberlich geharkt hatte. Dann schwieg der Brunnen: stets im Bestreben, der Verschwendung Einhalt zu gebieten, wurde die Familie der Goldfische nicht mehr erneuert, und so wurde auch das ununterbrochen plätschernde Wasser sinnlos.

Am Ende verschwand das Hausmädchen mit der Jammerstimme, und Stundenfrauen tauchten auf, doch nie so früh am Morgen, daß ihre Stimmen mich im Halbschlaf erreicht hätten. Obendrein sind sie geschminkt, haben wasserstoffblonde Haare und modische Kleidung und sind überzeugt, eleganter als wir alle zusammen zu sein. Sie haben nichts mehr mit den alten Haushälterinnen gemein, die in verblichene Gewänder und Schürzen vermummt waren und Pantoffeln trugen: die von heute steigen in hochhackigen Stiefeletten die Treppen hinauf, tragen Hosenanzüge und haben lange, feuerrot lackierte Fingernägel.

Mit diesen Damen, die ständig auf die Uhr schauen und zum großen Ärger der Mama beim Bügeln fernsehen, ist das Haus heruntergekommen. Es blinkt und blitzt nicht mehr wie einst, es ist vernachlässigt, staubig, und unserer Mutter fehlt mittlerweile die Ausdauer, ihnen gegenüber ihre Anweisungen ständig zu wiederholen. Da niemand die Initiative ergreift, oder auch weil das Geld fehlt, aus Gleichgültigkeit und Schicksalsergebenheit, wird das, was zu Schaden kommt, nicht mehr repariert. Es wird höchstens beiseite gelegt oder versteckt. So finden sich in jeder etwas abgedunkelten Ecke wacklige Stühle, durchgebrochene Sessel, Tische mit schiefen Beinen, verzogene Bilderrahmen – Hausfriedhöfe für »unheilbare« Möbel, die ihrem Schicksal überlassen sind.

Und ohne erst suchen zu müssen, stößt man auf tropfende Wasserhähne, heruntergebrochene Fensterläden, abblätternden Verputz und Holzwürmer, die ohne Unterlaß überall ihre Häufchen aus feinstem gelbem Sägemehl hinterlassen.

Jedesmal wenn ich nach Hause komme, blutet mir das Herz. Ich sehe dann nämlich, was fehlt, was nicht funktioniert, was endgültig hinüber und was dicht davor ist zu verenden. Aber nicht einmal ich habe die Kraft, dem fortschreitenden Verfall Einhalt zu gebieten. Die sollen doch schauen, wie sie zurechtkommen, sage ich mir. Wenn sie das Haus mir überlassen hätten, wäre es heute vielleicht nicht in diesem Zustand. Hätten sie sich rechtzeitig an mich gewandt, hätte ich vielleicht eingreifen können. Besser wäre es wohl, die Hütte schnell zu verkaufen, bevor sie noch mehr an Wert verliert. Unerklärlicherweise gerate ich in Rage, wenn meine Gattin dieselbe Ansicht äußert. Und das tut sie öfter: »Worauf wartet ihr eigentlich noch, bevor ihr das Haus verkauft? Bis es euch überm Kopf zusammenbricht? Teilt doch die Möbel unter euch auf – so manche Stücke können ja noch nützlich sein –, und befreit euch so schnell wie möglich von dem Gebäude.«

Dann bin ich es, der sich stur stellt, der sagt, nein, das geht nicht, das ist nicht so einfach, sollen doch die anderen ruhig verkaufen, wir haben bereits genug verkauft, behalten wir das, was noch übrig ist. Vielleicht werden unsere Kinder es uns eines Tages danken.

Doch sie begreift nicht, sie ist einfach zu pragmatisch und hat keine Ahnung, was es heißt, sich von einem Haus zu lösen, das immer der Hort der Familie gewesen ist.

»Den Kindern würdet ihr nur Probleme machen«, beharrt sie auf ihrem Standpunkt, »die werden niemals eure, deine Passion für den alten Plunder teilen. Bedenke doch, wieviel allein wir schon für den Unterhalt des Hauses ausgeben. Und du wirst sehen, am Ende wird alles an Paolo übergehen.«

Ich glaube, Paolo empfindet ebenso wie ich. Besser gesagt, ich weiß das, ich kenne ihn doch, auch wenn wir nicht viel miteinander geredet haben. Ich bin mir sicher, als hätte er es mir wörtlich gesagt, daß ihn jedesmal dieselbe Mutlosigkeit wie mich befällt, wenn er in unser Familienhaus zurückkehrt. Wie oft schon habe ich ihn ertappt, wenn sein verzagter Blick über die Risse an den Wänden, den abbröckelnden Verputz, die brüchigen Fenster- und Türrahmen, die verzogenen Holzfußböden wanderte und dann zu unserer alternden Mutter, die sich in ihren noch älteren Gemächern einschloß.

Auch Paolo hat Angst, das Haus zu verlieren, mit anzusehen, wie es verkommt und erstirbt, und zwar im gleichen Maß, wie er fürchtet, die Mama zu verlieren. An jenem Tag wird er mehr als wir alle leiden: Er wird verloren, desorientiert sein, wie einer, der nicht mehr weiß, wohin genau er gehen muß. Ob er verschwunden ist, um diesem Schmerz vorzugreifen, um die Mutter nicht krank oder ohne Lebensenergie zu sehen, um sie – und uns – an seiner Statt in Verzweiflung zu stürzen?

Ich weiß nicht recht, mir erscheint das unmöglich. Doch ich weiß, daß er im Laufe der Jahre immer eine Angst hatte, die sich von meiner kaum unterschied; es war Unruhe, Unsicherheit, eine vage, düstere Zukunftsangst vor all dem, was in unserem Leben überhaupt, aber auch im Zimmer nebenan passieren könnte. Eine Angst, von der ihn nicht einmal die obsessive Gefühlszuwendung seiner Mama hat befreien können. Auch wenn uns die ungleiche Zuneigung, die uns zuteil wurde, voneinander entfernte und wir zwei Hauskatzen ähnelten, die sich mit Verschlagenheit und Starrsinn den Futternapf streitig machen, erkannte ich und erkenne noch immer in ihm die Gefühle, die auch meine sind.

Ich sah, daß er von frühester Kindheit an – genau wie ich – wollte, daß die häuslichen Rituale zu den einzelnen Anlässen unverändert blieben, die Geburtstage auf dieselbe Weise – mit derselben Torte und demselben Lied – gefeiert werden; ganz zu schweigen von Ostern und Weihnachten! Und wie er von dem, der ihn zu Bett brachte, verlangte, daß er ihm den Kopf auf haargenau die gleiche Weise streichelte, wie es die Mama machte; oder wie er sich aufregte, wenn freitags nicht das übliche panierte Kabeljaufilet sondern ausnahmsweise mal ein Fisch auf den Tisch kam, der auch wirklich wie einer aussah, mit Augen und Schwanzflosse, was er voller Ekel bemerkte. Ich glaube nicht, daß er sich im Erwachsenenalter sehr verändert hat.

Viele Tage sind seit seiner Flucht vergangen; sie erscheinen uns unendlich lang und bedeuten für ihn vielleicht nur einen knappen Zeitraum. Um was, wenn nicht um eine Flucht, könnte es sich denn handeln? Wäre es ein Unfall gewesen, hätten wir davon erfahren, und die Möglichkeit einer Entführung ist einfach lächerlich. An einen Selbstmord will und kann ich nicht glauben, denn im Verlauf von dreieinhalb Wochen – das sage ich mir immer wieder – hätten sie doch die Leiche längst gefunden, und überhaupt hätte er in dem Fall zumindest für die Mama eine Nachricht hinterlassen.

Wer weiß schon, was ihn zum Weggehen getrieben hat. Als Bruder müßte ich das eigentlich wissen, doch ich verfüge nur über Eindrücke, und einer davon ist klarer als die anderen: daß Paolo nämlich überhaupt nicht der war, als der er erscheinen wollte. Wie kann ein junger Mann voller Ängste, der auf Schritt und Tritt gewarnt und unablässig dazu gedrängt wird, das Beste und auf die bestmögliche Weise zu wählen, je ein standfester und selbstsicherer Mann werden, der zu sein er glauben machen wollte?

Hatte er vielleicht eine Gewissenslast zu tragen, die ihn am Ende erdrückt hat? Gab es einen Zwischenfall, etwas Unerträgliches, oder war es das Zusammenspiel von Unzufriedenheit und Enttäuschungen, die wir in unterschiedlichem Maß alle zu spüren kriegen? Vielleicht war sein Arbeitsleben nicht so erfolggekrönt, wie die Familienangehörigen und Freunde es sich von ihm erwarteten? Vielleicht war da eine Verlobte oder auch eine andere, die weniger schön, hingebungsvoll, außergewöhnlich und verliebt war, als er es sich eingebildet hatte?

Aus seiner Sicht könnte das Leben tatsächlich ein paar Versprechen weniger gehalten haben. Und wenn es nicht das Leben war, hatte die Mutter ihm sicher Tausende versprochen und mit Zehntausenden gelockt und ihn, der voller Hoffnungen war, dann dahin geschickt, wo mehr als ein gewisses Quantum gar nie zu holen war.

Vielleicht sah es finanziell bei ihm doch nicht so üppig aus, wie er es gern glauben machen wollte. Er war stets pikobello gekleidet, Hemden und Schuhe wirkten auf den ersten Blick ganz schlicht, in Wirklichkeit waren sie vom Feinsten und sehr teuer; was die Geschenke für uns Familienmitglieder angeht, war er wirklich äußerst großzügig, vor allem den Neffen und Nichten gegenüber, und jeden Monat ließ er Annamaria eine Geldsumme zukommen. Manchmal, wenn er keine Lust hatte, sich ans Steuer zu setzen, kam er die Mutter im Taxi besuchen, was insgesamt vier Stunden Taxifahrt bedeutete. Er machte eben unbesonnene Dinge. Verschwendung ging urplötzlich in Sparsamkeit über, die genauso unsinnig war. Doch wer schon durfte sich ihm gegenüber eine kritische Bemerkung leisten? Nur unsere Mutter, die leider nichts begriff und nichts mitbekam. Sie war zuallererst stolz auf ihren Lieblingssohn, den die Aura eines Siegers umgab und der so anders war als ich, ein ärmlicher, farbloser Buchhalter – so sieht sie mich –, der weder Elan noch Phantasie besitzt und obendrein – immer noch ihrer Meinung nach – von Kindheit an hinterm Geld her war.

Als vor vielen Jahren ein Antiquitätenhändler aus einem nahe gelegenen Ort bei uns anrief und dem Vater mitteilte, daß einige kostbare Bände aus unserer Hausbibliothek in seinem Geschäft aufgetaucht seien, bezichtigten meine Eltern mich, ohne groß nachzudenken, und nahmen mich wie einen Delinquenten ins Kreuzverhör. Nicht durch Zufall seien die Bücher nämlich bei ihm gelandet, sondern ein junger Mensch aus unserer Familie habe sie dorthin gebracht und ihm verkauft; er wollte nun wissen, ob Papa die Absicht hätte, seine alte Büchersammlung zu veräußern, wenn ja, hätte er Interesse, sie komplett zu erwerben.

Es gab einen Riesenkrach, und die Mutter machte im Handumdrehen in mir, damals um die fünfundzwanzig, den Dieb aus, der die Familie in Verruf gebracht hatte: Ich hätte die Schamlosigkeit besessen, im Gegenzug für ein paar Groschen, der Familie ein Vermögen zu entwenden. Um was damit zu tun? Ich wehrte mich, doch man schenkte mir keinen Glauben; besonders die Mutter nicht, die bei der Geschichte viel verbissener war als der Vater. Am liebsten hätte sie mir unter Folter ein Geständnis abgezwungen. Und über drei, vier Tage hielt sie mir pausenlos Strafpredigten, machte mir Vorwürfe, drohte mir.

Am fünften Tag schließlich gestand der gegen jeden Verdacht erhabene kleine Bruder, damals noch ein junger Kerl, die Bücher geklaut und verschachert zu haben, weil er sich zusammen mit einem Schulfreund ein Mofa kaufen wollte – ein Thema, das man bei uns zu Hause nicht einmal andenken durfte. Große Bestürzung in der Familienrunde. Unsere Mutter rannte zuerst zum Antiquitätenhändler, um die Bände zurückzukaufen; dann begab sie sich zu jenem Schulkumpel und herrschte ihn an, sich mit seinem Motorradfimmel ja von Paolo fernzuhalten. Ich kann mich nicht erinnern, daß sie Paolo heftige

Vorwürfe gemacht hätte, wie sie sie mir gegenüber gemacht hatte: es sei denn, es geschah hinter geschlossenen Türen.

Sollte mein Bruder etwa zum zweitenmal eine Dummheit begangen haben, vielleicht eine größere, seinem jetzigen Alter entsprechend? Doch wenn dem so wäre, reichte das schon aus, um abzuhauen, sich zu verstecken, sich zu ergeben? Wenn ich, der ich der Erstgeborene bin und als Bruder immer an zweiter Stelle kam, wenn ich angesichts der mittelmäßigen Schulleistungen, der mangelnden Brillanz, des blassen Charmes nur mühsam meinen Weg gefunden habe, aber nicht abgehauen bin, mich nicht ergeben habe – warum dann er?

Beatrice

In seinem Wagen habe ich einen aktuellen Zugfahrplan gefunden. Er hatte noch nie einen, er fuhr nur selten mit der Bahn und bestimmt nicht so oft, um sich extra einen Fahrplan zu kaufen. Ich habe das gelbe, glatte, nagelneue Büchlein, dessen Seiten noch nicht einmal aufgeschnitten waren, in die Hand genommen. Ich habe versucht, es so zu halten, daß es von alleine aufblätterte, aber es blieb geschlossen. Keine Buchseite war abgegriffener als die anderen, verknittert oder irgendwie gekennzeichnet. Doch eine war an der Ecke ganz schwach geknickt, ich weiß nicht, ob das reiner Zufall war oder etwas zu bedeuten hatte. Diese Seite enthielt eine Übersicht der Züge in den Süden, was mir aber nichts sagte. Wohin wollte er nur, wohin ist er gefahren? Vielleicht in den Süden, aber wohin genau, zu wem, oder vor allem: Mit wem ist er gefahren?

Jedenfalls wäre es seltsam, daß er einen Zugfahrplan besitzt, wenn er gar nicht beabsichtigte, mit dem Zug irgendwohin zu fahren. Noch merkwürdiger ist aber, daß er ihn nicht mitgenommen hat. Ist das ein Anzeichen dafür, daß er es sich schließlich anders überlegt oder den Fahrplan auswendig gelernt hat? Eine geplante, durchdachte Reise schließt, wenn auch nicht den Tod, so doch zumindest einen Unfall aus. Dieser Gedanke nistet sich immer nachhaltiger in mir ein, obwohl ich ihn jetzt noch nicht zulasse. Ich versuche, ihn auszuschalten, denn Paolo hatte keine Gründe, sterben zu wollen. Auch Livio wiederholt mir das immer wieder, denn seit Paolo weggegangen ist, ist Livio oft bei mir – und ich bin froh, nicht alleine zu sein –, aber auch er hat keinerlei Erklärung parat.

Wie ein Sammler oder ein Detektiv trage ich Erinnerungsstücke des Verschwundenen zusammen. Doch die Ausbeute ist gering. Es gibt vielleicht ein paar Worte, die er mir irgendwann vor dem Sommer gesagt hat und die ich leichtsinnigerweise seiner inneren, für ihn nicht ungewöhnlichen Zerrissenheit zuschrieb.

»Du solltest anfangen, dich nach einem anderen Mann umzuschauen«, platzte er eines Tages heraus, als die Stimmung gerade mal sehr schwarz war.

»Und warum das?«

»Weil du mit mir deine Zeit vertust. Ich bin nicht der Richtige, weder für dich noch für eine andere.«

»Wenn du gestattest, möchte ich das selbst entscheiden.«

»Du bist nicht imstande, Entscheidungen zu treffen, du kennst mich nicht.«

»Nach drei Jahren?«

»Die reichen nicht aus.«

»Warum sagst du das? Willst du mir angst machen?«

»Ja. Aber es geht nicht darum, wie ich bin, sondern darum, wie ich nicht bin.«

»Erkläre das bitte.«

»Ich bin ganz einfach nicht der Mann, den du dir vorstellst.«

Zu seinem merkwürdigen Verhalten gehören meiner Ansicht nach auch gewisse Situationen in der letzten Zeit, als er sich plötzlich in beharrliches Schweigen hüllte. Finster war dieses Schweigen, hielt jedoch nicht lange an. Anfangs hatte ich versucht, es mit Fragen aufzubrechen, dann aber habe ich es hingenommen und ausgeharrt, bis es wieder vorüber war – wie man es bei Kopfschmerzen tut. Der Grund dafür ist nämlich, daß ich ihm hin und wieder auf die Nerven gehe, dachte ich geknickt. Er schwieg und ich schwieg: Auf diese Weise konnte ich so tun, als gäbe es mich nicht, wie ein Kind, das glaubt, unsichtbar zu sein, wenn es seine Augen zuhält.

Doch wenn seine Absicht nur darin bestand, mich loszuwerden, wäre es für alle viel einfacher, schneller und weniger schmerzlich gewesen, mir klipp und klar zu sagen, daß er nichts mehr von mir wissen wollte. Ich hätte das akzeptiert, hätte es verstanden, wenn er mir nur die Gründe genannt hätte.

Doch nichts dergleichen hat er getan. Abgesehen von den wirren Worten vor dem Sommer hat er stets wiederholt: »Ohne dich, wohin sollte ich gehen?« Oder zumindest erinnere ich mich so.

Ein weiterer merkwürdiger Umstand ist mir in den Sinn gekommen, etwas, was ich verdrängt hatte, vielleicht weil es mich beunruhigte. Aus dem Dunkel der Erinnerung taucht plötzlich eine Nacht auf wie ein Stück Kork, das unvermittelt aus der Tiefe an die Wasseroberfläche schnellt.

Wir beide warten am Bahnhof auf einen seiner Freunde, der aus Florenz ankommen soll. Der Zug hat Verspätung, vierzig Minuten, glaube ich, und auch alle anderen Züge haben Verspätung, es herrscht ein Riesendurcheinander unter den Bahnsteigdächern. Wir zwei lehnen, aber nicht dicht nebeneinander, am Geländer der Unterführung und lassen geduldig die Zeit verstreichen.

Ohne bestimmten Grund, einfach so, aus reiner Neugierde hebe ich den Kopf, um mich umzusehen, um überhaupt etwas zu tun. Und da sehe ich hinter mir, ungefähr zehn Meter entfernt, eine schöne Blondine mit schwarzer Lederjacke und hohen Absätzen; sie hat den Arm erhoben und zeigt auf mich, ihr Blick aber geht in Richtung Paolo.

Das alles geschah in einem Sekundenbruchteil. Ich hatte mich noch nicht vollständig umgedreht, als sie den Arm blitzschnell wieder gesenkt und den Kopf abgewandt hatte. Natürlich konnte ich nicht mehr rechtzeitig kontrollieren, ob Paolo wirklich zu ihr hinsah. Als ich mich ihm zuwandte, sah ich, wie er regungslos vor sich ins Leere starrte oder, richtig gesagt, in die wuselnde Menschenmasse um uns, die an einigen Stellen aufeinanderprallte. Doch er wirkte zugleich wie gelähmt, als hätte es ihn die höchste Konzentration gekostet, wieder die Position von zuvor einzunehmen. Sein Körper verriet die Spur der Bewegung. In mir blieb das unangenehme Gefühl zurück, daß zwischen den beiden ein Einverständnis bestand und die Blondine auf mich gedeutet habe, als wollte sie Paolo fragen: »Und sie?«

Ich zog ihn am Arm, um sie ihm zu zeigen, doch als wir in ihre Richtung blickten, war sie natürlich verschwunden. Wo sie gestanden hatte, waren andere Leute. Sie hatte sich in nichts aufgelöst, wie sehr ich auch mit den Augen nach ihr suchte. Er wiederholte mir, daß ich verrückt sei, Gespenster sähe, Sachen erfände, daß er keine Blondine mit schwarzer Lederjacke kennen würde und auch keine Lust hätte, eine kennenzulernen.

Tagelang noch versuchte er, mit mir darüber zu lachen, und am Ende lachte ich mit. Er überzeugte mich, daß ich einem Trugbild erlegen sei, überhaupt nichts gesehen hätte oder etwas, was in Wirklichkeit ganz anders war. Doch diese Bewegung in meinem Rücken, die ich flüchtig wahrgenommen oder mir nur eingebildet hatte, lastete eine Weile wie eine Drohgebärde auf mir, wie ein obskures Zeichen eines unheilvollen Schicksals.

Das geht mir jetzt wieder durch den Kopf. Es gibt keinen Zweifel, daß ich die Frau gesehen habe, und es ist ebenfalls sicher, daß sie auf mich gedeutet hat. Die einzige Ungewißheit ist die, ob sie etwas mit Paolo hatte. In Wirklichkeit hätte sie auch einen herumstreunenden Taschendieb auf mich als ein potentielles Opfer aufmerksam machen können – mit der Golduhr, der Halskette und den Armbändern, die ich gut sichtbar zur Schau trug. Wie dem auch sei, wenn ich dieses seltsame Gebaren Paolos neben die anderen in eine Reihe stelle, muß ich einfach glauben, was mein erster Eindruck mir sagte: Die beiden kannten sich, und ich war die unbequeme Dritte, die es hinters Licht zu führen galt.

Evelina taufte ich die Frau für mich, denn sie wirkte so, als wäre das ihr Name. Zu einer Evelina passen das Platinblond, die feuerroten Lippen und die knallenge schwarze Lederjacke.

Ich stelle mir vor, daß sie sich zufällig auf dem Bahnsteig begegnet sind und Paolo sie mir aus irgendeinem Grund nicht vorstellen wollte; deshalb machte er ihr ein Zeichen, sich auf Abstand zu halten; und sie unterhielt sich dann mit ihm wenige Schritte von uns entfernt in der Zeichen- und Blicksprache. Vielleicht war ihre Begegnung in meiner Gegenwart auch ein abgekartetes Spiel, eines ihrer geheimen Spielchen, oder sie hatte heftig darauf bestanden: »Ich will deine Verlobte kennenlernen, laß mich wissen, wie sie aussieht, ich bitte dich.«

Es stimmt, daß Evelina mir auf den ersten Blick nicht Paolos Typ zu sein schien: Sie fiel zu sehr ins Auge, war zu forsch, zu herausgeputzt, und er verabscheute alles, was Aufsehen erregte, das Aggressive, die Übertreibung. Wer weiß jedoch, was ihm in seinem anderen, unbekannten Leben tatsächlich gefiel. Wenn ich Evelina nur ausfindig machen könnte, vielleicht würde ich dann Einzelheiten über ihn erfahren, von denen ich bisher nichts wußte; vielleicht würde ich ihn sogar leibhaftig wiederfinden.

Weitere absonderliche Verhaltensweisen Paolos, an die ich lange nicht mehr gedacht hatte, kamen mir wieder in den Sinn. Sie waren nicht häufig, doch mit schöner Regelmäßigkeit an ihm zu beobachten. So gab es gewisse Leute, die er unbedingt allein, ohne mich, aufsuchen wollte. Wenn ich ihn drängte und hartnäckig verlangte, ihn zu begleiten, dann ging er einfach nicht hin. Seelenruhig, ohne die Fassung zu verlieren, verzichtete er und blieb zu Hause.

»Es sind alte Freunde, wie eine Art Familie«, lautete seine Erklärung. »Wir sind unter uns, wir kennen uns schon ein ganzes Leben, wir sind wie Geschwister und reden über verflossene Zeiten.«

»Und warum kann ich dieser deiner Familie nicht vorgestellt werden?«

»Weil du dich langweilen würdest.«

Ich denke aber, er wollte mich im Abseits halten, um den Eindruck zu erwecken, noch frei und verfügbar zu sein, als hätte er ein Treffen mit einer Frau.

Eines Abends habe ich mich dazu herabgelassen, ihm nachzuspionieren: Ich bezog mit dem Wagen in der Nähe des Hauses seiner mysteriösen Freunde Stellung, in Erwartung, ihn in Begleitung einer Frau oder eines Mädchens herauskommen zu sehen. In Wirklichkeit war es ein Schlag ins Wasser. Zumindest bei dieser Gelegenheit verließ er das Haus allein.

Verärgert über mein Aufbegehren, rutschte ihm einmal heraus: »Du hast nichts mit ihnen gemein«, womit er mich zutiefst beleidigte.

Mit ihnen, seiner richtigen Familie, habe ich tatsächlich nichts gemein, und wäre ich mir dessen nicht schon früher bewußt geworden, müßte ich es zwangsläufig heute erkennen, da er verschwunden ist und ich sie öfter sehen muß, als es zusammengerechnet in den letzten dreieinhalb Jahren der Fall war. In Wahrheit geben sie sich mir gegenüber heute sehr besorgt, sehr rücksichtsvoll, aber auf eine formale Art, ohne innere Anteilnahme: Sie tun es, angetrieben von dem Leid, das ich mit ihnen zu teilen habe, ein wenig auch aus Anstand, und sehr stark aus Vorsicht heraus. Ich bin wie eine Witwe, die mit Samthandschuhen anzufassen ist, damit sie ja nicht losschreit, keine Tränen vergießt, kein Aufsehen erregt. Sie haben große Angst vor Aufruhr. Sie hätten es gern, wenn alles in verhaltenem Ton besprochen und rasch erledigt würde, um ja kein Chaos zu verursachen.

Wäre Paolo tot, dann sähen sie ihn am liebsten schon unter der Erde, nicht erst morgen, sondern gestern schon oder besser noch vorgestern. Gern würden sie auch auf die Polizei und deren Fragen verzichten. Sie weichen aus, verdrängen, verharmlosen, vertuschen, soviel sie können. Wenn Paolo jedoch noch am Leben ist, wünschten sie, daß er von selbst zurückkehrt, ohne daß Nachforschungen angestellt werden oder sein Name in den Zeitungen auftaucht.

Ich weiß sehr wohl, daß sie leiden und um den Bruder, den besten der Geschwisterschar, weinen, doch wahrscheinlich überwiegt die Scham darüber, in aller Munde zu sein und mit Mitleid und Neugier beäugt zu werden. Sie sind ihm auch gram, weil er sie in diese schreckliche Situation gebracht hat, sie plötzlich aus ihrem zurückgezogenen und stillen Dasein gerissen hat.

Aus seiner Wohnung haben sie das wenige weggeschafft, was noch übriggeblieben war. Es sollte mir eigentlich egal sein, aber die Räume so kahl zu sehen, ohne die Dinge, die ihm gehörten und folglich auch meine zu sein schienen, hat mir neue angst gemacht. Es war so, als wäre Paolo beraubt worden, noch ärmer, noch unglückseliger, als er sowieso schon ist, gleich, an welchem Ort er sich befindet.

Beinahe jeden Tag bin ich in der Überzeugung in seine Wohnung gegangen, die Spur zu finden, die, wenn sie mich auch nicht zu ihm führt, mir wenigstens erklären könnte, was mit ihm geschehen ist. Ich bin immer wieder hingegangen, habe überall gesucht, herumgewühlt, alles auf den Kopf gestellt, doch ohne Ergebnis. Stunden habe ich dort zugebracht, während ich mich zwang, mich in ihn hineinzuversetzen, mich wie er zu bewegen, zu überlegen und zu denken. Ich habe mich auf seinem Bett ausgestreckt, habe mich im Bad umgesehen, die Wandschränke aufgeklappt, die Küchenmöbel geöffnet, mich an seinen Schreibtisch gesetzt, die Schubladen aufgezogen und jedes Ding darin unzählige Male in die Hand genommen.

Eines Tages dann – als sich bereits eine dicke Staubschicht auf allem niederließ, denn nach Paolos Verschwinden hat sich ja niemand mehr die Mühe gemacht sauberzumachen – stand ich plötzlich vor seiner vollständig geräumten, gottverlassenen Wohnung. Auf dem Fußboden verstreut, lagen Papierfetzen und winzige Reste von Gegenständen, die mir völlig unbekannt waren, da sie vielleicht im Laufe der Jahre in irgendwelche Hohlräume gerutscht, zwischen Möbel und Wand gequetscht waren und jetzt dank der endgültigen Auflösung wieder aufgetaucht waren.

In Windeseile haben sie seine Wohnung demontiert, im Morgengrauen, um sicherzugehen, daß ich nicht anwesend bin, nicht eingreifen, mich nicht einmischen, sie nicht daran hindern könnte. Als ich eintraf, war nichts mehr da. Für mich war es, als hätten sie Paolo begraben, ihn verschwinden lassen, indem sie das, was noch übrig war, mit Erde bedeckten; wenngleich er selbst diese Operation in die Wege geleitet hatte, als er sich, soweit er konnte, von seinen Einrichtungsgegenständen befreite. Jetzt ist es für mich noch schwieriger, irgendeinen Hinweis zu finden: Mir sind nur meine Erinnerungen und die wenigen Dinge geblieben, die hier bei mir sind.

Ich drehe diesen winzigen Hoffnungsfetzen, der vor einigen Tagen mit der Post eintraf, in der Hand hin und her. Wenn man dieses Stück Papier überhaupt so bezeichnen darf und es keine falsche Fährte ist. Es ist ein Brief ohne Unterschrift, ohne Datum, abgesandt aus einer fremden Stadt, fern von Paolos üblichen Zielen. Er ist mit einer alten Schreibmaschine auf einem neutralen Blatt Papier getippt. Ich lese und studiere ihn. Nur Livio hat ihn zu Gesicht bekommen und behauptet, daß er nichts zu bedeuten habe und ich ihn der Polizei übergeben solle. Und das werde ich auch tun, aber zuerst will ich sehen, ob die vier Sätze, aus denen er besteht, einen Sinn haben oder nicht.

Vielleicht handelt es sich nur um einen dummen Scherz, den ersten einer ganzen Reihe. Wenn einer verschwindet, kommen immer anonyme Briefe. Mir ist nicht klar, wie sie mich finden, meine Adresse herauskriegen konnten: In den Zeitungen steht nirgendwo mein Name voll ausgeschrieben. Und ich begreife nicht, was sie von mir wollen. Geld vielleicht, und im Gegenzug lassen sie mir eine Information zukommen, oder sie lachen sich eins ins Fäustchen.

Instinktiv neige ich zu der Annahme, daß der Briefschreiber nichts weiß, sondern einfach nur die Sache aufwühlen will, um mich zu ärgern. Dennoch wiederhole ich auswendig jedes einzelne Wort, denn ich kann den Gedanken einfach nicht loswerden, daß der Brief am Ende doch einen Funken Wahrheit, ein Indiz, ein Schlüsselwort enthält.

Der Text besagt nicht viel, es sind nur Anspielungen, und obwohl meine Adresse auf dem Kuvert steht, ist nicht gesagt, daß ich der eigentliche Adressat bin und nicht eher ein Verwandter, ein Freund von Paolo.

»Sucht im Haus seiner Mutter«, lese ich immer wieder, und der Satz macht mir angst, denn ich muß dabei an eine Leiche denken, die im Keller oder im Garten begraben ist, die in einer Schlucht verschwunden, in einem Kämmerchen, einem Abstellraum unter der Treppe, im hintersten Winkel des Speichers versteckt ist. »Die Alte weiß, was passiert ist«, und das schließe ich nicht aus, obwohl sie sich so benimmt, als wäre ich diejenige, die Bescheid weiß. Aus diesem Grund betrachtet sie mich sicherlich als Geheimnistuerin und Lügnerin, vielleicht bin ich in ihren Augen sogar schuldig, weil ich mich nicht genug um ihren Lieblingssohn gekümmert habe.

»Paolo ist besser als ihr alle zusammen, aber auch er hat seine Geheimnisse«, lese ich noch einmal. Der Satz steht in der Gegenwart, und das tröstet mich vielleicht mehr, als es sollte: *ist* und *hat* steht da geschrieben, nicht *war* und *hatte*. Doch dann denke ich wieder, daß diese Verben ein viel zu dünner Faden für meine, unsere Hoffnung sind, die schwer wiegt; ich verliere mich in Spinnereien über seine Geheimnisse und bin längst unfähig, nüchterne Überlegungen zu dem Umstand anzustellen, daß er höchstwahrscheinlich auch vor mir Geheimnisse hatte. Und diese beschränkten sich vielleicht nicht auf die Schweigezeiten in den letzten Monaten, auf die Gemütsschwankungen und die abendlichen Alleinbesuche bei alten Freunden, mit denen ich nichts gemein hatte.

»Wo ist sein Geld hin?« endet der Brief, und ich bin völlig verunsichert. Welches Geld? Wieviel Geld? Wen sollte man wegen dieses Geldes befragen? Hätte Geld da sein sollen, das aber verschwunden ist? Nicht einmal Livio hat eine Ahnung, obwohl er Paolo wesentlich länger kennt als ich. Und die Polizei bestätigt, daß Paolos Girokonto ein Guthaben von nur drei Millionen Lire aufweist und daß es keine Spur von größeren Einlagen gibt.

Annamaria

Bislang wurde noch keine Leiche gefunden, über ein Monat ist jetzt vergangen. Und doch sollte ein toter Mensch schneller aufzuspüren sein als ein lebender. So zwinge ich mich, die Hoffnung nicht aufzugeben und auf die anderen zu hören, die allesamt überzeugt sind, daß er einfach nur weggegangen ist, sich irgendwo versteckt hält, abgehauen ist, um an einem anderen Ort ein neues Leben anzufangen. Aber warum mußte er deshalb verschwinden?

Der Arbeit wegen, beispielsweise. Sie gefiel ihm nicht, sie langweilte ihn, er plagte sich herum. Doch einfach so von heute auf morgen zu verschwinden, das wird ihm bestimmt nichts einbringen, er wird nur als ein wenig verrückt dastehen und neue Schwierigkeiten bekommen.

Wieso nicht lieber kündigen, sich aufrappeln und nach einer anderen Stelle Ausschau halten? Es stimmt wiederum, daß er keine andere Arbeitsstelle, sondern eine ganz neue Beschäftigung wollte: Sein Interesse galt immer schon der Geschichte, und dieses Fach hätte er auch gern studiert, um dann wie Papa Geschichte zu lehren. Aber es ist nicht einfach, mit fünfunddreißig aus dem Stegreif hauptberuflich zum Historiker zu werden, denn seinen Universitätsabschluß hat er in Wirtschaftswissenschaften. Er hätte ganz von vorn anfangen, all die Jahre voller Mühen einfach vergessen müssen. Seinerzeit haben sie ihn auf alle erdenkliche Weise davon abgehalten. Die Mutter sagte: »Das ist nichts für dich, du hast so viele Fähigkeiten, bist intelligent, lernfähig und voller Wissensdrang; such dir doch ein moderneres, lukrativeres, interessanteres Gebiet aus. Wieso willst du deine Zeit mit altem Papierkram verplempern? Überlaß das doch denen, die ein weniger brillantes Hirn haben als du.« Das sagte sie nur, um unserem Vater durch die Blume beizubringen, was sie von ihm hielt. Die Mama hatte für ihn ein Studium im Sinn, das etwas mit dem Finanzwesen, also mit weiter gesteckten Horizonten zu tun hatte und sich für ihren Lieblingssohn besser eignete; ihrer Ansicht nach war er dazu bestimmt, einem angesehenen, einträglichen Beruf nachzugehen und sich nicht mit etwas Verstaubtem wie Geschichte herumzuschlagen. Wer weiß, ob sie das Wort »verstaubt« benutzt hätte, wenn es sich nicht um die Beschäftigung unseres Vaters gehandelt hätte.

Paolo hatte sich widersetzt, aber nicht energisch, nicht so, wie er es sich selbst schuldig war. Geduldig hatte er versucht zu erklären, daß er Geschichtswissenschaft für ein äußerst interessantes und ganz und gar nicht unmodernes Fach hielt. Dann hatte er klein beigegeben, auch weil er vergeblich versucht hatte, dort Unterstützung zu bekommen, wo er felsenfest überzeugt war, sie zu finden. Papa suchte das Weite wie einer, der sich einen Augenblick an der Tür zeigt, und wenn man ihn hereinruft, hat er sie bereits wieder geschlossen.

»Aber nein«, lautete seine Antwort. »Laß doch sein, die Mama hat schon recht. Siehst du nicht, welche Opfer ich in meinem Leben habe bringen müssen?«

In Wirklichkeit erschien uns sein Leben gar nicht so entbehrungsreich, dort oben in seinem Appartement im umgebauten Dachgeschoß, wo er allein lebte, »um studieren und Musik hören zu können, ohne jemanden zu stören«, wie er erklärte, wenn man ihn nach dem Grund seiner Isolation fragte. Für uns Kinder waren seine Gemächer wie ein Paradies; von dort oben hatte man einen Ausblick weit über die Felder, die Bücher standen schön unordentlich aufgereiht, und außer dem altertümlichen Schreibtisch, der dann bei Paolo landete, hatte er nur moderne Möbel: die Sofas und Sessel übten auf uns einen unwiderstehlichen Reiz aus, doch im unteren Stockwerk, in Mamas Wohnung, wo es nur steife Sofas und unbequeme Stilhocker gab, wurden sie verächtlich abgetan, wie man es mit allen geschmacklosen Gegenständen tat.

»Das Mobiliar eures Vaters«, sagte die Mutter mit leicht mitleidigem Lächeln, und die Betonung lag auf dem Wort *Mobiliar*.

Aus Desinteresse, aus Bequemlichkeit, um seine Ruhe zu haben oder, wer weiß, aus innerster Überzeugung heraus, hatte Papa nicht eine Sekunde lang auch nur den Versuch gemacht, Paolo in seiner Wahl zu bestärken. Im übrigen hatte er vor sehr langer Zeit beschlossen, sämtliche Entscheidungen, die uns Kinder angingen, der Mutter zu überlassen. Er sagte immer wieder: »Macht, wie sie es will, beratet euch mit ihr, überlaßt ihr das Ruder.« Ich weiß jedoch nicht, ob das seine ehrliche Überzeugung oder nur seine Art zu spotten war; vielleicht wollte er sich auch nur jeglicher Verantwortung entledigen.

Ohne ein Drama daraus zu machen, das war sowieso nicht seine Art, hat sich Paolo an der Fakultät für Wirtschaftswissenschaften eingeschrieben und versuchte, auch noch Geschmack daran zu finden. Aber ich erinnere mich gut, wie es mir naheging, wenn ich in sein Zimmer kam und er in eine der Zeitschriften für Geschichtswissenschaft versunken war, die er abonniert hatte, statt in seine Universitätstexte. Da er jedoch in allen Fächern immer gut abschnitt, beendete er sein Studium rasch, was ihm noch mehr Lob von seiten der stolzen Frau Mama einbrachte.

Paolos Problem war, daß er von Anfang an ihr Lieblingssohn war, gezwungen, sich für die Gunst, allen vorgezogen zu werden, wo es nur ging erkenntlich zu zeigen. Neben ihm zählte der arme Fabrizio nie besonders viel und ich noch weniger. Erst in der letzten Zeit habe ich etwas an Bedeutung gewonnen, seitdem sie nämlich spürt, daß sie alt wird und mich für mancherlei Aufgaben braucht.

Ist es ein Problem, das Lieblingskind zu sein und Liebe im Überfluß zu bekommen? Ist es nicht eher ein Vorteil, ein Privileg, eine zusätzliche Treibkraft, die einem Flügel wachsen läßt? Wir standen außerhalb des magischen Kreises, und in unseren Augen bedeutete, Lieblingskind zu sein, das Höchstmaß an Glück. Unser Schicksal hingegen kam uns wie das Höchstmaß an Unglück vor: Wir wurden zwar gut behandelt, umhegt und umsorgt, aber wir wurden nicht mit der Hingabe und der Exklusivität geliebt wie Paolo.

Wir, Fabrizio und ich, versuchten das, was die Mama uns nicht geben konnte, anderswo zu bekommen, doch ohne großen Erfolg. Papa nämlich tröstete uns mit ein paar netten Worten und wendete sich dann schleunigst seinen eigenen Angelegenheiten wieder zu. Ohne böse Absichten tat er das, denn er war im Grunde seines Herzens ein guter Mensch, aber seine Distanziertheit zu überwinden gelang uns nie; er war gutmütig, dabei aber unnahbar und unbeteiligt; er war eher wie ein Großvater, der sich in nichts einmischen will, der zu müde dazu ist, und weniger wie ein eifrig besorgter Vater.

»Die Mama kümmert sich jetzt um Paolo«, sagte er, um uns zu trösten. »Er ist der kleinste, er braucht jetzt am meisten Schutz und Fürsorge, bald wird sie auch für euch wieder Zeit finden. Das garantiere ich euch. Und im übrigen wißt ihr ja, daß ihr immer auf mich zählen könnt.« In Wahrheit aber konnten wir nicht auf ihn zählen. Die Mama hatte das Sagen, sie zog das Geld aus der Tasche, er verdrückte sich, war einfach nicht da, und wenn er zugegen war, konnte man ihn nicht festnageln. Paolo wurde natürlich niemals groß, zumindest nicht so groß wie wir, die wir nach Ansicht der Mama ›nicht soviel Aufmerksamkeit brauchten‹. Mit fünfunddreißig Jahren, ist er in ihren Augen noch immer klein, und um sie glücklich zu machen, hat er ihr nachgegeben; er tut das noch immer und leidet darunter, da bin ich mir hundertprozentig sicher, auch wenn er es nicht zeigt.

Gewisse Mütter binden ihre Töchter an sich, behandeln sie immer wie kleine Mädchen, wie ewig Minderjährige, und hindern sie, von zu Hause wegzugehen, manchmal auch zu heiraten. Sie sind zuständig für die persönliche Bedienung der Mutter, sind die freiwilligen Gefangenen aus Liebe, die die Entscheidung, in der Abgeschiedenheit zu leben, selbst zu tragen haben – auch wenn *Entscheidung* nicht das richtige Wort ist, denn es impliziert eine freie Wahl, während diese über alles geliebten Töchter nur die eine haben: immer an Mamas Seite zu leben, sie zu umsorgen und vor allem ihr zu gehorchen.

Unsere Mutter hingegen hat sich an den jüngsten Sohn gehängt, von seiner ersten Lebensminute an stand das für sie fest. Ich erkenne an, und auch Fabrizio hat das nie geleugnet, daß Paolo etwas Besonderes war und ist: lächelnd und melancholisch, elegant und zerknittert, reserviert und offenherzig, und unendlich liebenswert. Während wir zwei, Fabrizio und ich, uns immer damit bescheiden mußten, normal und wie unzählige andere zu sein, nämlich weniger interessant, weniger verführerisch, besonders für unsere Mutter.

Paolo war der Mittelpunkt ihres Lebens, von ihm erwartete sie sich alles. Ausgezeichnete Leistungen in der Schule und im Studium, eine über alle Maßen befriedigende Berufstätigkeit, eine Ehepartnerin, die auf seiner Höhe war – in ihrer Vorstellung sehr hoch, besonders am Anfang.

Sie ist immer viel zu schlau gewesen, die Mama, um Kommentare über die etwas farblosen Freundinnen loszulassen, mit denen sich unser Bruder, schüchtern und unsicher, wie er nun einmal war, in seinen jungen Jahren zu umgeben pflegte. Sie war äußerst freundlich und zuvorkommend zu ihnen und voll des Lobes.

»Ach wie lieb, wie nett, wie freuen wir uns ja so, dich wiederzusehen, du mußt uns öfter mit deinem Besuch beehren«, säuselte sie im reizendsten Tonfall, den sie auf Lager hatte. Uns brachte das immer in Verlegenheit, da wir wußten, daß sie so nicht sprach, wenn der andere ihr wirklich am Herzen lag. Sie bot den Mädchen zu trinken an, sie lud sie zum Essen ein. »Frierst du, ist dir zu kalt, sollen wir dir einen Pullover leihen? In diesen alten Häusern ist es oft feucht. Komm mit, ich zeige dir den herrlichen Ausblick, den man von dem Fenster dort hat.«

Und kurz darauf war sie imstande, mit zerstreutem Getue hinzuzufügen: »Wie heißt du doch noch mal? Du bist Silvia, nicht wahr? Nein? Also dann bist du Simonetta. Aber nein doch, wie dumm von mir, jetzt habe ich alles durcheinandergebracht. Simonetta ist viel blonder als du, vielleicht auch etwas schlanker. Um Himmels willen, nein, du bist absolut nicht dick, aber Simonetta ist richtig gertenschlank. Sei mir nicht böse, ich werde eben älter. Mit Paolo solltest du jedoch etwas strenger sein«, fügte sie in scherzhaftem Ton hinzu, »seit geraumer Zeit kreuzen hier bei uns viel zu viele Mädchen auf. Das wird zwar ein Zeichen von Modernität sein, aber meiner Meinung nach tut ihr jungen Leute falsch daran, das so locker zu handhaben.«

So oder so ähnlich verhielt sie sich mit allen. Nie kam von ihr ein direkt bösartiger Kommentar, nie eine Kritik, nicht einmal zu uns, wenn Paolo nicht dabei war. Sie hatte immer nur diesen falschen Ton in der Stimme, als wäre sie eine andere, eine große, raffinierte und gelangweilte Dame. Hin und wieder verteilte sie kleine Spitzen, bei denen es dem Mädchen, das sie gerade vor sich hatte, aber auch uns Geschwistern, die Sprache verschlug. Und wenn Paolo widersprach. »Aber was für eine Simonetta, welche Silvia denn, ich kenne keine, die so heißt«, beschied die Mama ihn mit unwiderstehlichem Charme: »Verzeih mir, ich verblöde langsam. Ich muß etwas mit den Studentinnen deines Vaters durcheinandergebracht haben. Glaub mir, ich habe sie nicht vor den Kopf stoßen wollen, doch wir wissen ja, daß wenn du dich engagierst und sie dich wirklich interessiert, du sie im Handumdrehen zurückeroberst. Nicht wahr, mein Schatz?« Und sie hatte eine bestimmte Art, das auszusprechen, ein wenig nachgiebig, ein wenig überheblich und betont geduldig, wie einem Kind gegenüber, dem man erklären muß, daß die Torte gut, sehr gut und auch sehr schön und duftend ist, aber sicherlich viel zuviel Butter, viel zuviel Zucker enthält und für den armen Kleinen, der gerade von einer langwierigen Krankheit genesen ist, viel zu schwer verdaulich ist.

Ende – das war's. Und obendrein war mit der jeweiligen jungen Dame tatsächlich Schluß und Ende, sei es, weil sie nicht mehr wollte, sei es, weil er verstanden hatte, daß die Holde tatsächlich zu buttrig, zu zuckrig und absolut nicht für ihn geeignet war. Vor allem für die Mama war sie nicht geeignet, die mit ihren reizenden Manieren mehr als eine der Verlobten in spe aus dem Feld geschlagen hat.

Einmal fiel ihr auch eine Freundin von mir, die sie mit einer neuen Flamme Paolos verwechselt hatte, zum Opfer.

»Darf ich vorstellen«, sagte ich, »das ist Lalla.«

»Ach, Lalla *la cavalla*! Welch Vergnügen, deine Bekanntschaft zu machen.«

»Lalla *la cavalla*?« wiederholte ich, völlig vor den Kopf geschlagen.

»Nun, ich wüßte nicht«, meinte die Mama mit einem gezwungenen Lächeln, »mir kommt sie überhaupt nicht wie *ein Pferd* vor, aber nennt nicht ihr, du und Paolo, sie immer so? Es wird wohl wegen ihres feinen, schmalen Gesichtchens sein, aber es ist wirklich eine unerhörte Frechheit, sie ›Pferd‹ zu titulieren.«

Und zu Lalla gewandt, flötete sie: »Verzeih mir bitte, meine Liebe, ich habe schreckliche Kinder, die sich entschieden zu viele Späßchen erlauben. Nimm es dir nicht zu Herzen.«

»Paolo kennt sie nicht einmal! Und ich hätte nie im Traum daran gedacht, ihr so einen Namen zu verpassen. Lalla, ich schwöre es dir.«

»Ist schon gut, ist schon gut«, beendete die Mama

hastig das Geplänkel. »Man sieht, ich habe mich getäuscht, verzeiht mir alle beide.« Doch das sagte sie so, daß man den Eindruck bekam, jedes Wort wäre haargenau abgewogen und bemessen. Lalla war folglich überzeugt, daß sie bei uns zu Hause von allen ›das Pferd‹ genannt wurde. Und unter keinen Umständen konnte man sie vom Gegenteil überzeugen. So verlor ich eine Freundin, weil unsere Mutter wieder einmal um Paolo besorgt war und ihn davor bewahren wollte, möglicherweise einen Fehler zu begehen, einen ›falschen Schritt‹ zu tun, wie sie sich auszudrücken pflegte.

Fabrizio und ich waren zweite Wahl. Wir waren weniger schön und vielleicht auch weniger intelligent. Das gab sie uns, ihrer Meinung nach, höchst behutsam und diplomatisch zu verstehen, damit wir nicht beleidigt waren, in Wirklichkeit aber war sie überdeutlich. Ich kann sie im Geiste noch immer hören, wie sie uns gut zuredet: »Ihr, ihr aber seid gutmütig, geduldig, freundlich, vernünftig und gut erzogen.« Das *Aber* war es, das alles ruinierte.

Wir waren und sind noch immer mittelmäßig, nichts Brillantes, nichts Außergewöhnliches, wir haben nichts, womit wir uns weder früher noch heute brüsten könnten, nichts, was wir gegen die Fürsorge und die Leidenschaft, die Paolo vorbehalten waren, hätten in die Waagschale werfen können. Als wenn wir, Fabrizio und ich, käufliche Objekte wären, die sich seit eh und je in ihrem Besitz befanden, ohne daß Gefahr bestand, sie zu verlieren, um die man sich nicht bemühen und kämpfen mußte. Während unser Bruder Tag für Tag mit Schmeicheleien und Verführungskünsten von neuem erobert werden mußte.

»Verhaltet euch ruhig, Paolo muß schlafen, macht leise, er muß lernen, schließt das Fenster, er ist erkältet, laßt zwei Stück Kuchen für ihn übrig, er wird Hunger haben, wenn er heimkommt.« Als wir aber Hausaufgaben machten oder schliefen, brauchten die anderen nicht leise zu sein oder den Mund zu halten, und noch viel weniger das Fenster zu schließen, wenn wir etwas froren, oder zwei Stück Kuchen für uns übrigzulassen, wenn wir hungrig waren.

Ich weiß nicht, warum wir ihn nicht gehaßt haben. Vielleicht weil er mit uns immer äußerst nett war, als suchte er unsere Vergebung für die Vorzugsliebe, die er genoß. Doch wir waren mächtig neidisch auf ihn. In unseren Augen war es unmöglich, daß einer inmitten dieses Überflusses der kleinen und größeren Zuwendungen nicht glückselig war.

Mehr als die Aufmerksamkeiten und die Geschenke, die die Mama sich für ihn einfallen ließ, demütigte uns der Blick voller Bewunderung, den sie ihm schenkte; Stolz, Entzücken und Leidenschaft lagen darin – fatal für uns, wenn wir ihn kreuzten. Zum Glück waren wir zu zweit, waren eben beide nichts Besonderes, waren gut und brav, ein wenig langweilig, nicht so charmant, so strahlend, so begabt wie er.

Später, im Erwachsenenalter, habe ich mir einzureden versucht, daß es gut war, nicht zum Objekt der unermüdlichen Liebe der Mama geworden zu sein. Kein Tag, keine Stunde, keine Minute verging nämlich, in der Paolo, gleich an welchem Ort und wie weit entfernt er war, sich frei fühlen konnte und nicht konstant im Mittelpunkt ihres Denkens, nicht von ihr beobachtet, ausgezeichnet und ausspioniert wurde.

Als Paolo wegen seiner Arbeit von zu Hause auszog, erhielt er regelmäßig Briefe und wurde täglich angerufen. Die Telefonate bestanden nicht aus Plaudereien übers Wetter, die Gesundheit, familiäre und häusliche Kleinigkeiten, sondern es waren regelrechte Diskussionen, anspornende Lektionen: »Denk daran, mit deinen Fähigkeiten kannst du es weit bringen«, »Du mußt wissen, mit Sorge und Bangen bin ich stets bei dir«, »Du mußt lernen, die Personen für dich zu gewinnen, die dir innerlich verbunden sind, ansonsten läufst du Gefahr, in die Fußstapfen deiner Geschwister zu treten, die weniger vom Glück geküßt sind«.

Es kam vor, daß den weniger vom Glück geküßten Geschwistern, Fabrizio und mir, das eine oder andere Schreiben dieser Art unter die Augen kam. Das geschieht heute noch ab und an, aber die Sätze haben längst nicht mehr die Wirkung wie früher. Anhand dieser Sentenzen begriffen wir, daß wir mittelmäßige Kinder waren, die unwiederbringlich vom Weg abgekommen sind, das heißt vom Weg, den die Mama für uns vorgezeichnet hatte. Wir zwei waren zwar gutherzig, aber an uns war Hopfen und Malz verloren. Ich, mit meinem Ehemann, der viel zu alt, viel zu einfach, viel zu mittelmäßig war, sowohl was Gesellschaftsklasse als auch Beruf anbetraf. Und das war um so tadelnswerter, weil er viel zu früh verstorben ist.

Besser als keiner, das versteht sich: Im Alter von fast dreißig Jahren, groß und stämmig, wie ich war, mit ausgebleichten Haaren und Augen von undefinierbarer Farbe – so beschreibt sie mich –, welche Chancen hatte ich denn, einen Ehemann zu finden? Und heute habe ich auch noch zwei Kindern am Hals, in denen sich die Mama nicht wiedererkennt, weder was die Gesichtszüge noch was den Charakter angeht. Sie sind sehr schüchtern und ein wenig tolpatschig, wie sie ziemlich grausam nie zu betonen unterläßt; sie vergißt dabei, daß Kinder vor allem dann schüchtern und tolpatschig sind, wenn auch die Eltern so waren und es zum Teil noch sind.

Und Fabrizio, der bescheidene Fabrizio mit seiner weltgewandten und energischen Ehefrau – die hätte ihr eigentlich gefallen müssen, mit ihrem gepflegten Äußeren und der eleganten Kleidung. »Kaufmannsvolk«, brandmarkte unsere Mutter sie statt dessen, nicht ohne Hochmut vom ersten Tag an. »Und mit zuviel Geld«, fügte sie hinzu und begrub damit die Hoffnungen Fabrizios, zumindest durch seine Heirat die mütterliche Anerkennung zu erlangen. Doch das, was die Mama auf der einen Seite in beredtem Schweigen an meinem Ehemann tadelt, das hält sie auf der anderen in ebenso bedeutungsschwangerem Schweigen ihrer Schwiegertochter vor. Der eine verdiente zuwenig, die andere gibt zuviel Geld aus, und es macht für sie keinen Unterschied, ob die es sich leisten kann und es obendrein Fabrizio ermöglicht, mit seinen Finanzeskapaden, seinen wenig geglückten An- und Verkäufen von Antiquitäten weiterzumachen, die für die Mama ebenfalls Anlaß zu ständiger Sorge und zu Vorhaltungen sind.

So ist es ganz natürlich, daß all ihre – und unsere – glühenden Hoffnungen auf Paolo ruhen. Oder sollte ich gar sagen ›ruhten‹?

Livio

Sie stellen mir Fragen, wollen von mir, der ich immer als sein bester Freund galt, etwas in Erfahrung bringen; und ich gerate in Verlegenheit wie ein Schüler, der unvorbereitet an die Tafel gerufen wird. Obwohl ich ihn ziemlich oft traf, herrschte zwischen uns, das ist logisch, nicht mehr die Nähe wie einst, diese Symbiose wie in der Jugend und später, als wir ganz junge Männer waren. Ich weiß mehr über das Gestern als über das Heute, mehr über den Jungen als über den erwachsenen Mann.

Unter vielen anderen Dingen weiß ich, daß er in der Kindheit richtiggehend gequält wurde, von seiner Mama, die es nur gut mit ihm meinte, vom Vater, der ihn bewußt kränkte.

Ich erinnere mich beispielsweise, daß er einmal im Monat – er war damals dreizehn oder vierzehn Jahre alt – zu seinem Vater hinaufgehen mußte, um die Bücher abzustauben. Es standen ungefähr drei- bis viertausend Titel in den Regalen, die sämtliche Wände bedeckten. Paolo kletterte dann auf eine Leiter, mußte in der obersten Reihe anfangen und mit einem entsprechenden Lappen jeden Band einzeln abwischen. Diese Arbeit zog sich über eine ganze Woche hin, bevor er mit allen Büchern fertig war. Und wehe ihm, wenn er beim Wiedereinstellen die strenge Ordnung durcheinanderbrachte, die sein Vater, wer weiß, wann, auf Ewigkeiten festgelegt hatte. Geschichte, Religion, Musik, Philosophie, Literatur, nicht nur nach Epoche und Land unterteilt, sondern auch nach Grad des Gefallens und Häufigkeit des Gebrauchs. Eine sehr kapriziöse Einteilung, die nur dem klar und einsichtig war, der sie erfunden hatte, und die Paolo Alpträume besorgte: Obwohl er sich das System der väterlichen Bibliothek auf Blättern skizziert hatte, schaffte er es jedesmal, irgendeinen Fehler zu machen, der dann mit zornigem Verdruß aufgedeckt und angeprangert wurde: »Nicht einmal zu einer so simplen Tätigkeit bist du fähig!«

Wenn die Arbeit zu Ende war, lebte er drei, vier Tage in großer Angst, denn das war die Zeit, die der Vater brauchte, um die falsch eingeordneten Bücher zu entdecken. Darauf folgten drei knappe friedliche Wochen, dann ging alles wieder von vorne los.

»Ich sehe, die Bücher brauchen dich wieder. Heute morgen habe ich mir die Hände schmutzig gemacht, als ich Rousseaus *Bekenntnisse* herausnahm.«

»Ist gut, Papa, ich komme, sobald ich kann.«

»Mach, daß du bald kannst. Es ist eine Arbeit, die nicht aufgeschoben werden darf.«

In manchen Fällen verlangte er, daß die Zeremonie noch öfter wiederholt wurde, auch zweimal pro Monat. Das geschah, wenn es seiner Ansicht nach zu wenig geregnet hatte, die Luft dann zu trocken war und der Wind den Staub aufwirbelte. So begann er wieder Druck auf Paolo auszuüben, bis der klein beigab und für den verhaßten Frondienst – den der Vater ihm vermutlich aufzwang, um vor allem die Mutter zu ärgern – den Gang ins obere Stockwerk antrat. Tatsächlich versuchte sie, wann sie konnte, den Sohn vor der lästigen Aufgabe zu bewahren. An seiner Stelle schickte sie das Dienstmädchen oder den Gärtner, die regelmäßig mit einer freundlichen Abfuhr zurückkehrten: »Danke, meine Liebe, aber Paolo ist der einzige, der anständig mit meinen Büchern umzugehen weiß. Ich würde es ja selbst tun, aber du weißt ja, daß ich unter Schwindelanfällen leide und auf keine Leiter steigen kann.«

Die zwei älteren Kinder wurden jedoch nie zu dem heiligen Ritual des Abstaubens zugelassen: »Fabrizio ist so ungeschickt, er könnte herunterstürzen, und Annamaria hat schon genug um die Ohren, das arme Mädchen. Und dir vertraue ich eben mehr, du kümmerst dich ja schon seit langem darum, bestimmt machst du weniger Fehler als die beiden.«

Paolo mußte praktisch von zu Hause weggehen, um sich dem verhaßten Putzdienst in der Bibliothek zu entziehen.

Später, bevor er es schaffte, sich in Sicherheit zu bringen, als ich bereits bei ihnen zu Hause verkehrte, begann sein Vater, ihn auch auf andere Weise zu peinigen. Hin und wieder ließ er eine knappe Bemerkung über ihn fallen, die aber nicht nur von Paolo verstanden werden konnte; über seine Kleidung, seine Ausdrucksweise, seine Bewegungen, Gesten und seinen Geschmack. Es war kein Niederprasseln von Urteilen und Meinungen, es waren Verrisse, die still, aber stetig auf ihn niedergingen, und ihre Wirkung war um so durchschlagender, wenn ein zeitlicher Abstand dazwischenlag.

»Diese zarten Farben, für die du eine Vorliebe zu haben scheinst«, säuselte er mit süßsaurem Lächeln, als Paolo im Alter von sechzehn oder siebzehn Jahren einen pastellfarbenen Pullover anzog, der natürlich ein Geschenk seiner Mutter war, »erinnern mich an die arme Tante Erminia, die ihr ganzes Leben lang Hellblau und Rosa trug.« Der Herr Papa ließ nach einem solchen giftigen Satz einige Wochen verstreichen und warf ihm dann, als spräche er mit sich selbst, beiläufig an den Kopf: »Geh zum Barbier, mein Junge, und sag ihm, er soll dir deine Korkenzieherlocken etwas kürzer schneiden, denn du siehst mittlerweile aus wie ein niedliches kleines Mädchen.«

Die Bemerkungen trafen immer in die gleiche Kerbe, spielten immer auf eine übertriebene Zerbrechlichkeit des Sohns, auf eine gewisse weibliche

Anmut an. Ich sehe noch bildlich vor mir, wie Paolos blasse Wangen vor Wut und Scham plötzlich Farbe bekamen, und dann ähnelte er tatsächlich einem Mädchen.

Da der Vater nichts an Paolos stets befriedigenden schulischen Leistungen aussetzen konnte, lästerte er über sein Aussehen und erzielte damit den Doppeleffekt, den Sohn zu ärgern und die Ehefrau in Rage zu bringen. Als Reaktion darauf und zur Wiedergutmachung der erlittenen Schmach verfolgte sie Paolo mit ihrer Vorzugsliebe und ihrem Gluckenverhalten. Ihr Lieblingssohn zu sein hat ihn die Zuneigung des Vaters gekostet, der permanent unter der Ehefrau litt; es hat die Beziehungen zu den Geschwistern vergiftet, für die er ein unerträgliches Hätschelkind war. Einen wirklichen Dialog, echte Zuneigung hat es zwischen ihnen nie gegeben. Die Geschwister sind nicht böse, aber bei jeder Gelegenheit verbünden sie sich gegen ihn; zwei Schwache gegen einen Starken, so sieht es aus. In Wirklichkeit sind es zwei, die gemeinsam stark gegen einen sind, der allein und schwach ist. Sie halten sich aus seinem Leben heraus und schließen ihn aus ihrem aus. Sie halten sich stets einige Meter hinter ihm: nicht um ihm den Vortritt zu lassen, sondern um ihn zu beobachten, zu kontrollieren, wahrscheinlich um zu sehen, ob er die falsche Richtung einschlägt.

Letzthin aber hat die Mutter begonnen, ihre Haltung zu ändern, und hat sich ihnen mehr oder wenig ergeben – ihnen, die sie ein Leben lang als »arme Würstchen« behandelt hat. Gewiß, sie spricht weiterhin über Paolo, phantasiert über Paolo, ergeht sich in Lobreden über Paolo, aber ihre Anrufungen klingen wie ein imaginärer Gegengesang zum tatsächlichen, allmählichen Abstandnehmen von Paolo. Das tut sie aus Erschöpfung, aus Berechnung, weil sie jetzt den Tick hat, sich älter fühlen zu wollen, als sie ist, und weil an einem bestimmten Punkt im Leben diejenigen mehr zählen, die zur Stelle sind und die praktischen Alltagsprobleme lösen – wenngleich nicht auf hervorragende Weise –, als derjenige, und sei er auch der Beste und Liebste der Welt, der in der Ferne ist und nicht zur Verfügung steht.

In Worten ist der jüngste Sohn weiterhin durch nichts und niemand zu übertreffen, aber in ihrem konkreten Tun hat sie ihn ein wenig beiseite geschoben. Jetzt ist sie Fabrizio und Annamaria – vor allem Annamaria – auf den Fersen. Die Mutter kann keinen Schritt tun, keine Initiative ergreifen, ohne daß die beiden entscheiden, ob es gut ist oder nicht. Sie braucht ihre Dienste, und dafür zahlt sie, macht Geschenke und Versprechungen.

Ich habe sie am Werk gesehen, auch vor kurzem, nach Paolos Verschwinden. Gern lassen sie die Enkel auf sie los, um sich die Brosamen zu sichern, die nicht wert sind, in ein Testament aufgenommen zu werden. Als da sind allerhand Nippes, alte Spiele, kleine Haushaltsgegenstände, Teller, Vasen, Gefäße, eine vorsintflutliche Schreibmaschine, ein Pelzmantel von der Urgroßmutter, alles Dinge, für die diese Kinder natürlich keinerlei Verwendung haben. Aber sie verlangen danach, weil sie so getrimmt sind, beharren im Auftrag anderer darauf: Ihre Eltern sind es, die fordern, damit ihnen nichts entwischt, nichts verlorengeht.

Armer Paolo, mit der Familie hat er kein Glück gehabt. Auch deshalb schäme ich mich nun wegen der angenehmen Stunden mit Beatrice, die ich mir hin und wieder hinter seinem Rücken gegönnt habe, was auch sie recht genossen hat. Die Idee, mir von Zeit zu Zeit meine Exgattin auszuleihen, die die Verlobte meines Freundes geworden ist, war unwiderstehlich. Jetzt, da sie allein ist, hat dieses Vergnügen einen Großteil seines Reizes verloren.

Ich habe Paolo ja nichts von Beatrices Zuneigung und noch weniger von meiner Freundschaft, meiner Aufmerksamkeit genommen. Es war nur eine unschuldige kleine Angelegenheit, eine alte Gewohnheit, die nach einem Jahr der Unterbrechung wieder aufgenommen wurde: Im übrigen kam das nicht oft vor, nur hin und wieder für ein kurzweiliges und unbekümmertes Zusammensein. Es sollte eine sporadische Sache bleiben, darüber waren wir uns einig, wenn auch aus unterschiedlichen Gründen: Sie aus Angst, aus Anstand und weil sie sonst ein schlechtes Gewissen gehabt hätte; ich, weil ansonsten Routine entstanden wäre wie in unserer Ehe.

Zum Glück hat Paolo nie etwas davon erfahren, auch wenn wir einige Male das Risiko eingingen … und ich will nicht leugnen, daß diese Male besonders prickelnd waren. Mir geht es richtig nah, wenn ich zurückdenke, wie unwissend er war, so unwissend, daß er uns in der letzten Zeit aus diesem oder jenem Grund häufig allein ließ: Und da er beschlossen hat, ohne Beatrice wegzugehen, erweckte das den Anschein, als wollte er sie mir vermachen, seinem Freund, seinem Vertrauten, seinem Gefährten eines ganzen Lebens.

Es ist richtiger zu sagen, daß die Freundschaft immer von ihm ausgegangen ist. Auch ich bin natürlich sein Freund gewesen, und ich bin es noch immer, doch in Wahrheit habe ich seine Freundschaftsgefühle genossen, ohne sie mit der gleichen Treue zu vergelten.

Ich bin weniger anhänglich, nicht richtig festzunageln und distanzierter als er. Doch muß das schon eine Schuld sein? Schließlich ist jeder nach seiner Fasson gemacht.

Alles rührt von der Schulzeit her, als ich sein armer Klassenkamerad war. Ich war schlecht gekleidet, war also übel dran, besaß nicht sein Auftreten, seine

Gleichgültigkeit gegenüber den Dingen, um die ich ihn glühend beneidete. Mir gelang es überhaupt nicht, die Dinge nicht so wichtig zu nehmen, nicht die neuen Kleider, die mir so gut wie nie vergönnt waren, nicht das wirklich häßliche Fahrrad, mit dem ich zur Schule fuhr, nicht die paar Lire für die Vesper, fürs Kino, für den Klassenausflug, die mir meine Eltern nach langen Verhandlungen wie einen kostbaren Schatz übereigneten.

Ich büffelte eifrig in der Hoffnung, ihn einzuholen. Aber auch er war nicht untätig. Wir lernten zusammen, nachmittags bei ihm zu Hause, und mir kam es so vor, als fiele ihm das Lernen leichter als mir, als machte er es fast mit links und erzielte trotzdem immer gute Ergebnisse, bessere als ich jedenfalls; oder er wurde seiner brillanten Darstellungsweise, seiner Sprachkompetenz und auch seines Charmes wegen einfach besser benotet.

Ich war eifersüchtig, immer etwas außer Atem, verschwitzt und hektisch, während er es sich leisten konnte, gemächlich zu gehen, sich geruhsam und bedächtig umzusehen. Bei ihm zu Hause gehörte ich fast zur Familie. Beide Eltern benahmen sich mir gegenüber wunderbar tolerant, manchmal waren sie sogar fürsorglich und liebevoll. Doch all das war kein Trost für mich.

Sie behandelten mich zuvorkommend, wie gewisse Herrschaften eben mit bedürftigen Menschen umgehen, sagte ich mir und war auf der Hut. Sie zwingen sich zu dieser Haltung wie die Wohlfahrtsdamen, hämmerte ich mir ein. Sie haben Mitleid mit mir, bildete ich mir ein und war bereit, sie beim allerersten falschen Wort, beim geringsten Anzeichen von Überheblichkeit meine Ablehnung spüren zu lassen.

Manchmal hörte ich, daß der Ton in der Stimme seiner Mutter, wenn sie mit mir sprach, zu schrill war, als erteilte sie ihren Kindern öffentlich eine Lektion darüber, wie man – höflich und wohlwollend – einen Knaben aus den unteren Schichten behandelt. Falls ich oder Paolo einmal irgendeine Regel mißachtet hatten, entging mir nicht die übertriebene Duldsamkeit seines Vaters mir gegenüber, als wären wir beide grundverschieden und als träfe mich, der ich sowieso ein Unglückskind war, weniger Schuld, und demnach müßte ich auch nicht bestraft werden. Doch mein eigentliches Problem waren die Hausangestellten, die in puncto hoher Gefühle nicht soviel Ahnung wie ihre Dienstherren hatten: Sie behandelten mich mit weniger Respekt als den Nachwuchs des Hauses oder, da sie mich als eine Person auf ihrer Stufe betrachteten, mit einer Vertrautheit, die mir zuwider war und mich zutiefst beschämte.

Ich war ein Jüngling voller Komplexe, wiewohl ich mir lieber einzureden versuchte, daß ich einfach nur sensibel war.

Da ich mich mit allen Kräften bemühte, Paolo ähnlich, ja besser als er zu werden, durfte ich nicht leichtsinnig und großzügig sein wie er. Recht bald schon wurde ihm außer der Anerkennung von seiten der Lehrer auch die des weiblichen Geschlechts zuteil, auf die ich noch warten mußte. Ich beobachtete ihn heimlich, um zu lernen, wie man geht, wie man spricht, wie man sich bewegt, wie man sich kleidet. Ich war ihm auf den Fersen, hängte mich wie ein jüngerer Bruder an ihn, um mir all das anzueignen, was er wußte, um die Dinge zu hören, die er hörte, um die Personen kennenzulernen, die er kannte, um die Bücher zu lesen, die er las. Im Gegenzug habe ich ihm vielleicht, das gestehe ich ein, viel zuwenig von mir gegeben.

Erst an der Universität gelang es mir, ihn einzuholen, zumindest kam es mir so vor. Gestählt von dem langen Kampf Seite an Seite, der über zehn Jahre gedauert hatte, und selbstsicherer geworden in der neuen Umgebung, in der wir gleichermaßen unbekannt und ohne Hintergrund waren, begann ich, mich zu entspannen und spürte neue Energie in mir keimen. Und die Mädchen warfen jetzt auch mir Blicke zu.

Weil mir das nicht genug war, setzte ich mir in den Kopf, ihm Beatrice auszuspannen. Ich mußte das einfach tun, um ein Ergebnis zu erzielen, das für alle sichtbar war und mich zum erstenmal offiziell als

Sieger – über ihn – krönte. Unsere Hochzeit war nur die Besiegelung meines Triumphs.

Seinerzeit war ein Heiratsantrag noch ausschlaggebend, um sich zwischen zwei Brautwerbern zu entscheiden, vor allem wenn die Auserwählte wenig älter als zwanzig war.

Natürlich hielt die Ehe nicht. Für mich war wichtig, daß meine Braut Paolo gefiel, und sein diskreter Rückzug aus unserem Leben war unserem Bund keineswegs zuträglich: Beatrice war nicht mehr in den Glanz des liebevollen Blicks meines Freundes getaucht und kam mir deshalb weniger anziehend vor, mein Interesse an ihr verlor sich peu à peu. Erst viele Jahre später, als die zwei sich glücklich wiedergefunden hatten, wurde sie erneut attraktiv für mich.

Seinerzeit hatte ich mich Paolo gegenüber schuldig gefühlt, doch das Gefühl war erträglich, da ich mir einbildete, wegen der tausend Talente, die er und nicht ich mit auf den Weg bekommen hatte, weiterhin bei ihm Kredit zu haben. Vor allem wenn ich das schöne Haus, die schönen Möbel, die Gemälde, den Hausrat bedachte. Obschon dies Dinge waren, die ich mir auch hätte kaufen können, was ich zum Teil auch getan habe, so war ich dennoch nicht in der Lage, mir sein Gespür für stilvolle Gegenstände, seine Fähigkeit, sie mit Selbstverständlichkeit und fundierter Kenntnis zu behandeln, anzueignen.

Noch weniger konnte ich mir seinen klangvollen Familiennamen zulegen. Die Kleider, die Gesten, die Ausdrucksweise, die habe ich im Laufe der Zeit von ihm abgeschaut. Doch seinen Namen konnte ich nicht kopieren. Damals habe ich meinen verhaßten Vornamen Beppe – wie meine Eltern mich barbarischerweise getauft hatten – in Livio geändert und gab vor, das wäre mein zweiter Name, den ich zu Ehren eines verstorbenen Onkels wiederaufleben lassen wollte. Lange Zeit hatte ich Bücher über Taufnamen gewälzt, um den richtigen zu finden, und war tagelang unentschieden. Livio entpuppte sich als der perfekte Name, denn vom ersten Augenblick an fühlte ich mich anders, spritziger, feiner, eleganter. Livio klang und klingt für mich heute noch viel besser als Paolo.

Was den Beruf angeht, habe ich meinen Freund zweifelsohne übertroffen. Dennoch habe ich nie aufgehört, mich im Wettstreit mit ihm zu fühlen. Ständig mußte ich das Maß anlegen, um zu überprüfen, wo ich stand und wo er stand, die Resultate vergleichen, konnte mich nie damit zufriedengeben, ihm vorauszusein und an einem gewissen Punkt vermutlich auch vermögender zu sein als er. Und während ich die Geschwindigkeit, die Entwicklung, sein und mein Niveau kontrollierte, hat er mich unermüdlich als seinen besten Freund betrachtet. Gewiß, es hat mich gedauert, als ich vor kurzem mitbekam, daß er in Schwierigkeiten steckte: Er war nicht sehr glücklich mit seiner Arbeit, etwas vernachlässigt von der Familie, alles in allem nicht gut beieinander, doch ich dachte, daß es sich wohl um Manien, Hirngespinste, Launen von jemandem handelte, der in seinem Leben bereits im Übermaß beschenkt worden ist. Im Licht der neuesten Ereignisse weiß ich nicht, was ich jetzt denken soll.

Eine Sache werde ich ihnen allerdings verschweigen: Als ich ihn das letztemal gesehen habe, das war wenige Tage bevor er verschwand, hatte ich den Eindruck, daß er getrunken hatte. Es hat keinen Zweck, daß ich mit seiner Familie und mit Beatrice darüber rede, es wäre zu grausam, ihnen ein letztes Bild von ihm zu vermitteln, das derart und auf so ungewohnte Weise entstellt ist. Außerdem können bei einem, der für gewöhnlich nur bescheidene Alkoholmengen zu sich nimmt, zwei Gläser genügen, damit er seltsam wird: In seinem Fall hatte es die Wirkung, daß er einfach forscher war, einen schärferen Ton anschlug. Wäre er kurz danach nicht verschwunden, hätte ich vielleicht nicht einmal Notiz davon genommen.

Unter dem Vorwand, mir einige CDs zurückzugeben, die ich ihm geliehen hatte, war er zu mir gekommen. Da stellte sich mit einemmal heraus, daß er sie vergessen hatte. Er begann wirres Zeug zu reden und sagte zu mir, der wahre Name seines Freundes sei Beppe und es sei ein Fehler von mir gewesen, Livio zu werden, denn Livio könnte man nicht trauen. Und er wüßte alles. Aber was »alles«? Er schleuderte mir ein Leben voller Falschheiten ins Gesicht, ohne auf die einzigen kleinen Vertrauensbrüche einzugehen, deren ich tatsächlich schuldig bin. Oder vielleicht ließ ich ihm keine Zeit dazu, denn ich brach das Gespräch abrupt ab, als hätte ich es mit einem zu tun, der den Verstand verloren hat.

Nach ein paar Tassen Kaffee ging er wieder und wirkte nach außen hin erneut gefaßt und bei vollem Verstand. An der Tür aber hielt er inne und meinte: »Nicht wahr, du glaubst, daß ich betrunken bin?«, wie es nur Betrunkene fragen können.

Ungefähr drei Tage später war er verschwunden. Doch wie gesagt, ich werde kein Wort darüber verlieren, denn ich sehe nicht, was ein alkoholisierter Abend mit einem Verschwinden von fast zwei Monaten zu tun haben soll.

Mama

Warum läßt er noch immer nichts von sich hören? Nicht einmal bei mir, die ich immer auf seiner Seite gestanden habe, meldet er sich. Er müßte doch wissen, daß ich imstande wäre, zu keinem ein Sterbenswörtchen zu sagen, wenn er ein Lebenszeichen von sich gäbe. Vor allem zu Beatrice nicht, die ihm hartnäckig nachsetzt.

Ist er etwa böse auf mich wegen irgend etwas, das ich falsch gemacht habe? Ich wüßte nicht, was. Gewissenhaft suche ich nach irgendeinem falschen Schritt, einem schrägen Wort aus meinem Mund, gestern oder heute. Ohne Angst durchforsche ich mein Inneres, als wäre es das einer anderen Person. Aber ich stoße immer nur auf das eine Ergebnis: auf eine Person, die versucht hat, das zu tun, was sie unter den jeweiligen Umständen für richtig hielt. Es wäre doch gelacht, wenn ich ausgerechnet für meine Kinder, für diesen meinen Sohn, nicht auf alle erdenkliche Weise das Beste hätte tun wollen.

Um mich in einem klaren Licht zu sehen, untersuche ich eine Fotografie von mir, die auf der Kommode steht, und zwinge mich, auf Abstand zu gehen, als beobachtete ich eine Fremde, als sähe ich mich zum erstenmal und wäre für mich selbst eine Unbekannte. Ich erkenne eine Frau, die noch nicht völlig abgebaut hat, und gekleidet ist, wie es sich für eine Frau um die Siebzig gehört, mit Würde und ordentlich, vielleicht ordentlicher als gewöhnlich, denn es ist ihr Geburtstag. Sie hält einen Stock in der Hand, aber man erkennt nicht richtig, ob sie den tatsächlich zum Gehen braucht oder eher, um eine gewisse Haltung einzunehmen und sich die Aura eines offensichtlichen Verzichts auf all das, was gewesen ist, zu verleihen: Es ist wie das Merkmal eines friedlichen Ruhestands, das wie die Falten oder die grauen Haare demonstrativ vorzuzeigen ist. Aber der Stock könnte für sie auch eine Art und Weise sein, sich noch immer gebieterisch und energisch darzustellen, wie sie in der Vergangenheit war und in Wirklichkeit längst nicht mehr ist.

Ich nehme die Schuhe in Augenschein, Schuhe interessieren mich immer. Ich sehe, daß sie zum Erscheinungsbild passen: Sie sind solide, schwarz, ohne Schnickschnack, mit Schnürsenkeln, anständige Schuhe eben, wie die einer Nonne. Wer weiß, wo sie solche Schuhe aufstöbert, käme mir in den Sinn zu fragen, wüßte ich nicht bestens, daß ich mir meine Schuhe immer von Hand habe anfertigen lassen, das letzte Paar schon vor mindestens zehn Jahren.

Die Füße stehen nicht schön ordentlich, einer neben dem anderen, wie es zu der Haltung der fotografierten Person passen würde; nein, einer steht hier, der andere da, sie verraten so etwas wie Verwirrung, Verlorensein, Unsicherheit oder vielleicht nur die Eile, sich in Pose zu setzen. Wie auch immer, diese Füße stehen ganz und gar nicht im Einklang mit dem Gesamteindruck der gesetzten und ausgeglichenen Figur; es scheint so, als seien sie noch in Bewegung und harrten voller Unruhe, wieder davonlaufen zu können. Ist es möglich, daß sie meine Unzufriedenheit, die geringe Befriedigung, die ich aus meinem Leben gezogen habe und ziehe, überall verraten? Ich muß besser aufpassen, es bedarf ja nicht viel, um seine Füße unter Kontrolle zu halten.

Dann prüfe ich die Hände. Eine Hand ruht auf dem Stock, die andere wirkt etwas verloren, schwimmend, allein, als suchte sie nach einer Beschäftigung, nach etwas, wonach sie greifen kann, und sei es auch nur nach einem Schlüsselbund, einem Schirm, einer Handtasche oder, besser noch, nach dem Arm eines Mannes oder der Hand eines Kindes. Wer weiß, ob es Aufnahmen von mir zusammen mit meinen Enkeln gibt. So auf den Kopf zu gefragt, kommen mir keine in den Sinn. Und doch habe ich vier Enkel, die mich liebhaben, obwohl ich keine Großmutter bin, die sie verhätschelt und mit Geschenken verwöhnt. Vielleicht waren sie an dem Geburtstag schon zu alt, um sich Hand in Hand für den Fotografen aufzustellen. Aber in der Vergangenheit … ich begreife nicht, wieso mich früher keiner zusammen mit ihnen fotografiert hat.

Ich nehme das Vergrößerungsglas, um das Gesicht besser zu erkennen. Es hat einen gestrengen Ausdruck, der Mund ist resolut, die Nase geradlinig – meine große gerade Nase –, das dichte weiße Haar ist kurz geschnitten. Es ist eine Frau, die in der Vergangenheit häßlich gewesen sein muß, die zum Alter hin aber immer besser aussieht; das Gesicht ist streng, aus dem Blick spricht die Entschlossenheit und das Wissen, wie das Leben anzupacken ist. Ja, das bin ich, ich erkenne mich wieder. Aber erkennen mich auch meine Kinder wieder, kennen sie mich so überhaupt? Auch Paolo, weiß er eigentlich, wer ich bin? Oder bin ich für sie nur, was weiß ich, eine böse Hexe, eine nervige Alte, der Etikette verschrieben, oder gar ein armes Mütterchen, das Mitleid verdient?

Die Augen dieser Person, meine Augen, erschrekken mich. Merkwürdig, im Spiegel habe ich sie nie so wahrgenommen. Es sind düstere Augen, ohne Glanz, tiefliegend und bedrückt; auch bedrohlich sind sie, starr ins Nichts blickend; nicht einmal ein Geburtstagsfest ist für sie Anlaß, sich zu verändern. Es könnte einen auch die Lust überkommen, diese düstere Dame, die nichts mehr zählt, zu trösten, mit ihr zu sprechen, sie nach dem Grund für so viel Schwarz zu fragen, aber man begreift sofort, daß sie auf eine solche Frage nicht einmal die Augen heben würde: Sie würde weiterhin in die Leere starren, wie sie es gerade tut. Im Höchstfall würde sie sagen: Es ist nichts, nichts, was nicht geht, was denkt ihr bloß …

Das Bild ist zwei Jahre alt. Wer weiß, wie meine Augen jetzt wirken würden, jetzt, da ich Paolo nicht mehr habe, nicht mehr mit ihm sprechen kann. Ich werde mich fotografieren lassen und dann die Aufnahmen vergleichen. Diese arme Frau, dieses Aschenputtel, was für ein Leben hat sie nur gehabt? Aber bin ich das tatsächlich? Ich, die ich immer so stolz auf mich, auf meinen Widerspruchsgeist, meine Intelligenz und meine Stärke gewesen bin? Ich, die ich drei Kinder gut, oder ziemlich gut, aufgezogen habe; Familiensinn habe ich ihnen eingebleut, Respekt für mich und für den Vater. Für sie und für ihre Nachkommen habe ich das Haus vor denjenigen gerettet, die daraus Appartements machen wollten. Für sie habe ich Möbel, Gemälde, Hausrat und sogar noch ein paar Grundstücke in Sicherheit gebracht.

Ich habe mich nicht geschont, ich habe für meine Familie gekämpft. Und in gewisser Hinsicht habe ich es geschafft, zumindest habe ich unsere Gewohnheiten, unseren Lebensstandard beibehalten können.

Ich hätte es nicht ertragen, einfach zuschauen zu

müssen, wie meine Kinder die Angewohnheiten fremder Leute annehmen, die Speisen aus der Werbung essen, mit schwerem Akzent reden, Urlaub an verpönten Orten machen, häßliche Autos in schreienden Farben fahren. Besser ist es, gar keinen Urlaub zu machen, sagte ich zu ihnen, und schön brav zu Hause zu bleiben, wo es auch im Sommer kühl ist, und sich im Garten zu ergehen. Und anstatt sich einen protzigen Schlitten zu leisten, ist es besser, zu Fuß zu gehen, das Fahrrad, den Bus oder den Zug zu nehmen. Mit guten Beispielen, Predigten und manchmal auch Geboten habe ich dieses Ansinnen verwirklichen können.

Meine Kinder besitzen, das läßt sich nicht leugnen, einen gewissen Sinn fürs Ästhetische. Am meisten Paolo, am wenigsten Annamaria, die von dem, was schön und was häßlich ist, nicht immer eine Vorstellung hat, das arme Kind. Aber sie ist ja ein Mädchen und hätte einen Vater gebraucht, der aber von solchen Dingen nichts wissen wollte; er hat mich vor den Kindern wegen meiner Besorgtheit um den guten Geschmack immer lächerlich gemacht. Auch darin war ich mir selbst überlassen.

Die Einsamkeit war immer schon mein Problem. Jahrelange Einsamkeit hat am Ende zu diesem finsteren Blick geführt, den ich auf dem Foto wahrnehme. Vor Ewigkeiten, in einem anderen Leben hatte ich mich der Illusion hingegeben, daß mein Ehemann mich aus der eisigen Vereinsamung retten würde, in der ich geboren und aufgewachsen bin; meine Eltern sah ich so gut wie nie, und wenn ich ihnen manchmal im Haus begegnete, wollte ich mich voller Angst und Scham vor ihnen verstecken, als wären sie zwei furchteinflößende Fremde. Und als die erste Zeit vorüber war, fand ich mich erneut mit mir allein wieder. Ich war zwar mit Giovanni verheiratet, hatte dann auch die Kinder, das ja. Aber ich war allein.

Er hatte eine andere Mentalität, andere Bestrebungen. Auch wenn ich mich frage, welche Ziele mein Ehemann eigentlich verfolgte, außer immer mehr und immer jüngere Weiber zu erobern. Gleich danach kam die Zeit, da er wünschte, in Ruhe gelassen zu werden. Keiner durfte ihn stören, insbesondere ich nicht, aber auch die Kinder nicht. Und dafür opferte er Freundschaften und Zuneigungen, aber auch schlichte Bekanntschaften, harmlose, förmliche Beziehungen.

Immer mehr ging er familiären Aufgaben, Verpflichtungen und Unannehmlichkeiten aus dem Wege. Jede Kleinigkeit, die auch nur geringfügig den Ablauf seines Alltags tangierte, empfand er als lästig. Er gab sich sanftmütig, zuvorkommend, auch humorvoll, aber in Wirklichkeit dachte er nur an sich und sein Vergnügen und wie er Ungelegenheiten aus dem Weg gehen konnte. Für uns, für mich war er einfach nicht da. Nie war er da, wenn man ihn brauchte.

Wenn ich einmal krank war oder mich bei einem Sturz verletzt hatte, wenn ich nicht schlafen konnte, war das höchste der Gefühle, daß er zu mir sagte: »Geh zum Arzt«, und er war verärgert und voller Besorgnis wegen der eventuellen Störung, die mein Unwohlsein ihm – nicht mir! – hätte bereiten können.

Und wenn ich mal einen Kummer, einen Seelenschmerz hatte, mied er mich sorgsam, als litte ich unter einer ansteckenden Krankheit. Mit mißtrauischem, verschrecktem, alarmiertem Blick verfolgte er mich, und kreuzte er den meinen, sah er blitzschnell weg. Dann ergriff er die Türklinke und ging einfach, flüchtete schnell und leise, um nicht gezwungen zu sein, meine Anwesenheit zu ertragen oder, schlimmer noch, mich mit ein paar liebevollen Worten zu trösten.

Dasselbe in Grün, wenn es gelegentlich ein Problem mit dem Haus, einem Grundstück, einem Pächter, einem Hausangestellten gab. »Du gestattest mir, daß ich mich da raushalte«, beeilte er sich zu sagen, »das sind nicht meine Angelegenheiten, ich habe nichts damit zu tun, ich wüßte nicht, was ich dir da raten könnte. Sei mir nicht böse, meine Liebe, aber das ist nun mal nicht mein Gebiet.« Damit wollte er mir unter die Nase reiben, daß er nicht wie ich, wie meine Familie an die Scholle gebunden war, sondern ein Intellektueller, ein raffinierter *homme de lettres* war, der sich nicht mit solch prosaischen Dingen abgeben konnte.

Nicht sehr viel anders verhielt er sich dem Nachwuchs gegenüber. Keines der Probleme der Kinder ging ihm nahe genug, als daß es sein Interesse geweckt hätte. Nicht einmal für die Schule war er in der Lage, sich über ein gewisses Maß hinaus zu erwärmen, obwohl das sein Fach war. Über eine kurze Zeit schaffte er es, Aufmerksamkeit für ihre Fragen vorzutäuschen, bis er dann mit einem liebenswürdigen, wiewohl vagen Abschiedslächeln verschwand, was nicht nur das Ende der Unterredung, sondern auch seiner Interessenbekundung bedeutete. Mir tat es richtig weh, wenn ich sah, wie sich die Kinder, durch sein Verhalten vor den Kopf gestoßen, verunsichert zurückzogen und dennoch Hoffnung schöpften, daß er ihnen später oder an einem anderen Tag wieder Gehör schenken würde.

An mir war es, für sie dazusein, und ich war auch tatsächlich für sie da, immerzu, über all diese Jahre hinweg. Paolo, dem sensibelsten, dem liebebedürftigsten meiner Kinder, war das irgendwie nicht genug. Im übrigen, er hätte gut auch zwei Väter haben können; doch Ironie des Schicksals, nicht mal den einen hat er wirklich gehabt.

Das Bedürfnis nach Zuwendung ist eine Krankheit, von der man nie genesen wird; es ist ein Abgrund, der unverändert tief bleibt, selbst wenn er ständig angefüllt wird. In dieser Hinsicht ist Paolo wie ich, das ist von mir auf ihn übergegangen. Nur daß er auf mich bauen konnte und das noch immer kann, wohingegen ich so gut wie niemanden hatte. Seinetwegen habe ich die anderen zwei vernachlässigt, Fabrizio und das Mädchen.

Möglicherweise war es schwierig für sie, denn manchmal waren sie sich selbst überlassen. Andererseits stehen sie heute, anders als Paolo, mit beiden Beinen im Leben, so sehe ich das.

Meinem Nesthäkchen habe ich viele Zärtlichkeiten, Worte und Fürsorge gewidmet, damit er selbstsicherer werde. Doch das war vergeblich. Ansonsten hätte er nicht immer so seltsame Mädchen an Land gezogen, die mit ihrer Bedeutungslosigkeit dazu beitrugen, daß er sich neben ihnen etwas sicherer fühlte. Paradoxerweise wuchsen ihm diese Dinger am Ende über den Kopf und hatten in allem das Sagen. Man mußte sich das Paar jedoch nur ansehen, um zu begreifen, daß er der Überlegene in bezug auf Intelligenz, Charakter, Herz war und natürlich auch, was das Äußere betraf.

Seine erste Flucht, von der die anderen nichts wissen oder an die sie keine Erinnerung zu haben scheinen, habe ich immer seiner Unreife zugeschrieben.

Er verschwand, nachdem eine seiner Verlobten ihn verlassen hatte, ich erinnere mich nicht mehr, wie sie hieß, Barbara vielleicht; Friseuse oder Schönheitspflegerin war sie, will ich meinen. Und diese Barbara, ein reizvolles Mädchen, aber ebenso leichtfertig, wie mir gesagt wurde, hatte irgendwann die Nase voll von ihm – wahrscheinlich hatte sie einen anderen gefunden, der eher als Paolo bereit war, sie zu heiraten.

Nicht daß ich dies bedauert hätte, denn sie war nichts für meinen Jungen. Er aber war tief getroffen, igelte sich ein und verschwand einfach, ohne Vorankündigung, ohne Erklärung. Ich verhielt mich ruhig, obwohl ich in sehr großer Sorge war, wenn ich immer wieder das Telefon bei ihm zu Hause läuten ließ, ohne Antwort zu bekommen. Bei ihm im Büro hieß es, er habe Urlaub. Ich forschte bei seinen Geschwistern nach, ob sie etwas von einer Reise wüßten; möglichst beiläufig tat ich das, weil Fabrizio und Annamaria es nicht gern sehen, wenn ich mir um Paolo und nicht um sie Sorgen mache und mich aufrege. Sie sind beide schon über Vierzig, aber so sind sie nun mal.

Nach ungefähr einer Woche tauchte er wieder auf. Mit keiner Silbe erwähnte er sein Verschwinden, als er eines Morgens ganz einfach am Telefon antwortete. Er erzählte mir von einem Urlaub, doch ich glaubte ihm kein Wort, denn jedesmal, wenn er auf Reisen ging, kündigte er mir das an, egal, wie die Umstände waren. Etwas später sprach er von einem Kloster und einer Zeit der Ruhe, aber auch das klang seltsam in meinen Ohren, denn um zu entspannen, hatte er immer mein Haus hier auf dem Land gewählt. Ich erfuhr nie etwas Genaueres über die Sache: Meiner Meinung nach könnte er sich auch ganz einfach zwischen seinen vier Wänden vergraben haben, ohne das Telefon abzunehmen, was vor allem mir gegenüber sehr grausam war.

Genau jene Zeit gibt mir jetzt Kraft und Hoffnung und läßt mich den anderen, die sich grämen, die Stirn bieten. Abends erst und in der Nacht verliere ich das Vertrauen, und ich fühle mich beinahe so, als würde ich ertrinken. Dann stelle ich mir Paolo einsam und verlassen an irgendeinem Ort der Welt vor, mit diesem Gesichtsausdruck, den er mit vierzehn hatte, ein blasser Junge, der wegen eines mysteriösen Angstgefühls in der Nacht wach wurde; er rief nicht, natürlich nicht, aber er wälzte sich im Bett hin und her, bis ich ihn vom Zimmer nebenan hörte und nicht widerstehen konnte und zu ihm ging, um ihm sanft den Kopf zu streicheln, bis er sich wieder beruhigt hatte.

Ich habe ein anderes Bild vor Augen, wie er einige Jahre später, als er beinahe erwachsen war, aus Giovannis Gemächern zurückkam und sein Gesicht glühte, als sei er verstört und versuchte, seine Emotionen unter Kontrolle zu bringen. Wie mir das Hausmädchen hinterbrachte, hatte mein Mann ihn geschlagen, nicht wirklich verprügelt, aber er hatte ihm eine Ohrfeige verpaßt: Paolo hatte sich eine freche

Bemerkung über den unsoliden Lebenswandel des Vaters erlaubt, über dessen Anmaßung, die Schäferstündchen mit seinen Mädchen in meinem Haus abzuhalten. Und mit diesem flammenden, unreifen Gesichtsausdruck erscheint mir mein Sohn in der Nacht, er, das empfindsamste meiner Kinder.

Ich bin eine arme Alte, liege mit offenen Augen im Bett und denke an ihn, der wer weiß wo ausgestreckt liegt, vielleicht ganz weit weg, vielleicht einsam und gar an einem schrecklichen Ort. Das Gewicht von hundert Jahren lastet auf mir, und meine steifen Glieder schmerzen mich, mein Kopf ist schwer, meine Hände sind kraftlos, meine Augen liegen tief in den Höhlen, und meine Lippen sind welk. Eine Hexe mit zerzaustem Haar, so würde ich dem erscheinen, der mich in der Nacht überraschte. Zum Glück ist keiner da, und ich selbst empfinde Abscheu davor, mich in diesem Zustand zu sehen.

Manchmal kommt es mir vor, als sei auch ich ein Heimchen am Herd geworden, wie meine Eltern – und bis vor kurzem auch ich – eine Frau bezeichneten, die nur ein geringes Quantum an Verstand, Mut, Stolz und Charakter besitzt, eine von diesen alten Schachteln, die schwarz gekleidet tagtäglich um Kirchen und Friedhöfe streichen.

Die Nacht ist es, die mich niederzwingt und mir die Kraft raubt. Um nicht vor Angst zu ersticken, schalte ich das Licht an, lese, höre Musik, doch kurz darauf stört mich das alles, denn es lenkt mich von meinen Gedanken an Paolo ab, und das will ich nicht. Also mache ich das Radio und das Licht wieder aus und kehre in die Dunkelheit und in die Stille zurück, die für mich zur Qual geworden sind. Läßt der Schlaf noch immer auf sich warten, nehme ich, jedoch nur selten und ungern – denn ich liebe es nicht, in diesen dichten Nebel zu versinken –, eine Schlaftablette, um Annamaria, die mich am nächsten Morgen prüfend anschauen wird, kein übernächtigtes Gesicht zeigen zu müssen. Ich will nicht, daß sie begreift, was los ist. Sähe sie mich ruhelos und am Boden zerstört nach durchwachter Nacht, würde sie in mir das arme, schwarzgekleidete Weiblein der Kirchen und Friedhöfe wiedererkennen. Schließlich würde ich so auch bei Tag werden, nicht nur in ihren Augen, sondern auch in meinen, und das muß ich um jeden Preis verhindern.

Fabrizio

Ohne es zu wollen, gewöhne ich mich langsam an seine Abwesenheit, auch wenn es richtiger wäre zu sagen: an sein Nichtdasein, denn seine Abwesenheit war für mich seit rund zwanzig Jahren die Normalität. Wir sahen uns so selten, daß seine Flucht für mich jetzt ausschließlich etwas Mentales ist, keine empirische Tatsache. Ich muß mich wirklich anstrengen, um mir ins Gedächtnis zu rufen, daß Paolo nicht mehr da ist, ansonsten fiele es mir gar nicht auf.

Zwei Monate dauert dieser Zustand jetzt an, und je mehr Zeit vergeht, desto mehr ärgere ich mich über ihn. Gewiß wird er seine Gründe gehabt haben, um seines Lebens und unserer überdrüssig zu sein. Aber er hätte nur sagen müssen: Ich gehe weg, ich ziehe um, ich wandere nach Australien aus, ich will nichts mehr von euch wissen. Für uns wäre es genauso schlimm gewesen wie jetzt, aber wir hätten es gelassener, ohne Besorgnis, ohne Angst hingenommen, besonders die Mama. Ihretwegen mache ich mir Sorgen, auch wenn wir, richtiger gesagt, wenn ich dann allen Ärger auszubaden habe.

Mein Bruder benimmt sich wie ein Kind, um Aufmerksamkeit zu erregen, so wie er es immer schon getan hat, obwohl er ununterbrochen im absoluten Mittelpunkt stand und sich alle Sorgen um ihn machten. Er hätte sich diesen üblen Scherz auch ersparen können. Jedenfalls hat der Scherz jetzt lange genug gedauert und die Wirkung erzielt, die er gewollt hat: Wir sind alle aufgewühlt, fragen uns voller Angst, wohin er gegangen, was ihm zugestoßen sein könnte, warum er es getan haben mag. Er könnte jetzt ruhig wieder auftauchen, doch dazu fehlt ihm die Zivilcourage: im übrigen hat Paolo noch nie viel Mut gezeigt. Jetzt aber müßte er wissen, daß keiner ihm etwas Böses sagen wird, alle werden ihm einen Freudenempfang bereiten, ihn mit Liebkosungen überschütten, sich um ihn streiten, als wäre er der heimgekehrte Sagenknabe, der sich im Wald verlaufen hatte. Augenblicklich wären die schlaflosen Nächte und die voller Angst durchlebten Tage vergessen.

Und wenn er nicht zurückkehren und uns nicht wiedersehen möchte, könnte er doch eine Postkarte schicken, uns von dort, wo er sich aufhält, einfach anrufen. Um ein paar Zeilen zu schreiben, dazu braucht es wahrlich nicht viel Mut. Statt dessen, nichts, nicht einmal das vergönnt er uns. Wahrscheinlich hat er uns im wahrsten Sinne des Wortes vergessen, ist glücklich, uns aus seinem Denken gestrichen und weit hinter sich gelassen zu haben. In seinem neuen Leben dürfen wir nicht einmal in Form von Erinnerungen gegenwärtig sein, wir wären für ihn offensichtlich eine unerträgliche Last.

Das Problem ist, daß wir nicht imstande sind, ihn ebenso rasch in eine Ecke zu schieben und uns so zu verhalten, als existierte er nicht mehr. Die Mama ist um zwanzig Jahre gealtert, Beatrice quält sich, Annamaria weint, doch das ist nichts Neues, denn sie findet immer einen Grund, um Tränen zu vergießen. Und ich bin noch immer hier und frage mich, was nur der Tropfen gewesen sein mag, der das Faß zum Überlaufen gebracht hat. Welches war der mehr oder weniger bedeutungslose Vorfall, der für ihn so großes Gewicht hatte, ihn verletzte und empörte und ihn in solchem Maße die Besinnung verlieren ließ, daß er fünfunddreißig Jahre gemeinsam verbrachtes Leben verleugnet?

Etwas muß vorgefallen sein, schließlich läuft man nicht einfach so weg, ohne Grund. Aber ich weiß nichts, sehe nichts, begreife nichts. Womöglich waren es viele geringfügige Episoden zusammengenommen, eine Reihe von Unannehmlichkeiten oder winzigen Ärgernissen, die keiner von uns bemerken konnte, die sich in einem unglückseligen Augenblick der Niedergeschlagenheit für ihn zu einer unermeßlich qualvollen Fessel verdichteten, und ihm fehlte die Kraft, sie auch nur einen Tag länger hinter sich herzuziehen.

Das einzige konkrete unangenehme Ereignis aus neuerer Zeit, das mir in den Sinn kommt, ist die Geschichte mit dem Schreibtisch. Doch die Taue zu kappen, zu verschwinden, zu resignieren wegen eines umstrittenen Möbelstücks, das erscheint mir sinnlos. Es stimmt, Paolo liebte den großen halbrunden Schreibtisch über alle Maßen. Aber kann sich einer ernsthaft an ein Möbelstück klammern, und sei es auch antik und wertvoll und besonders dekorativ? Ich meine, kann einer so richtig sein Herz daran verlieren, aus ästhetischen oder sentimentalen, nicht aus materiellen Gründen? Es liebgewinnen wie einen Hund, ein Pferd, eine Katze, nicht um sie zu verkaufen oder etwas mit ihnen zu verdienen, sondern einfach so aus purer Leidenschaft?

Er hat ihm gefallen, der Schreibtisch, von dem Zeitpunkt an, da er das Arbeitszimmer unseres Vaters im oberen Stockwerk schmückte. Als Kind schon bewunderte er stumm – anfassen war verboten – die zahlreichen Schubladen, die geheimen Verstecke, die wundervollen Intarsien und die halbmondförmige Schreibplatte. Nur wenn er sich sicher war, daß der Besitzer des Möbelstücks nicht im Hause war, setzte er sich an dessen Platz, und tat dann so, als lernte er oder läse ein Buch, genau wie dieser es tat. Die Mutter fragte er nach Einzelheiten über die Herkunft des Schreibtischs, den Stil, wer ihn gekauft oder geerbt hatte. Seine großzügigen Maße, seine Solidität, sein reizvolles Äußeres, das alles muß ihn fasziniert haben oder ihm, wer weiß, Sicherheit vermittelt haben.

Es schien also selbstverständlich, daß Paolo ihn nach dem Tod des Vaters bekam, ich weiß nicht, ob nur vorübergehend oder endgültig. Da ich der Älteste bin, bedauerte ich das ein wenig, vor allem weil ich so gut wie nicht gefragt worden bin. Ja, eine halbe Bemerkung hat die Mama seinerzeit mir gegenüber fallengelassen, aber nur, um nachträglich meine Zustimmung zu einer bereits getroffenen Entscheidung einzuholen. Ich zeigte mich natürlich einverstanden, denn es war sofort klar, daß es zu einem Kampf geführt hätte, ihr zu widersprechen. Heute, da ich die Schönheit des Schreibtischs vollends zu schätzen weiß, schmerzt es mich, daß ich mich nicht ernsthaft gegen diesen Überraschungsschlag zur Wehr gesetzt habe: Der Schreibtisch hätte nämlich mir zugestanden, um so mehr, als er sich praktisch als einzige Hinterlassenschaft meines Vaters erwies.

Ich weiß nicht, ob Annamaria um ihre Meinung gefragt wurde, ich habe den Eindruck, daß sie etwas einzuwenden hatte, aber an Genaueres erinnere ich mich nicht mehr. Wenn der Schreibtisch nicht an mich ging, interessierte es mich auch nicht, wer ihn sonst haben sollte. Jedenfalls hat meine Schwester urplötzlich vor ein paar Monaten darauf gepocht, daß sie den Tisch haben wollte, und hat nicht mehr lockergelassen. Ich frage mich, wie die Mama, die nicht mehr so viel Ausdauer hat wie früher, es geschafft hat, sich ihr über einen längeren Zeitraum zu widersetzen. Fest steht, daß Mama nach stetiger Überzeugungsarbeit, die mehr oder weniger im Untergrund verlaufen ist und von der ich glücklicherweise nur die Schlußpassagen mitgekriegt habe, schließlich doch zum Nachgeben gezwungen wurde. Es wurde entschieden, das heißt die Mama entschied, daß der Schreibtisch Paolos Haus verlassen sollte, um nach einem vorsichtigen Transport in das von Annamaria Einzug zu halten.

Sich die wenigen Sachen, die wir besitzen, unter den Nagel zu reißen, darauf hat sich meine Schwester immer schon verstanden. Sie, die großzügige, altruistische und hilfsbereite Schwester, die immer zur Stelle ist, um sich für den einen oder anderen zu »opfern«, die herbeieilt, wenn einer krank oder verletzt ist, um Beistand und Trost zu spenden – sie hat ein gutes Händchen dafür, in die eigene Tasche zu wirtschaften. Sie wirkt unentschlossen, abwesend, hat keine Wünsche, die nicht erhabener Natur wären – und vermutlich kleidet sie sich so schlecht, um ihre Distanz zu den materiellen Dingen zu unterstreichen –, doch dann wiederum kriegt sie alles mit, nichts, gar nichts entgeht ihr. Vor allem nicht das, was schön, attraktiv und wertvoll ist.

Sie hat das Auge einer diebischen Elster, denke ich immer, dunkel und flink; für den Bruchteil einer Sekunde ruht ihr Blick auf dem, was wert ist, gesehen zu werden, und sie wendet ihn sofort wieder ab, zwingt sich dazu, wieder zurückhaltend, bescheiden und desinteressiert zu wirken. Noch sensibler ist ihr Auge für Schmuckstücke, Edelsteine, Silberbestecke. Noch bevor sie eine Person, der sie begegnet, begrüßt, hat sie bereits die noch nie zur Schau gestellten Ohrringe, den nie gesehenen Ring, das kostbare Halskettchen taxiert. Ihr ist es vielleicht nicht bewußt, aber ich habe öfters schon ihren flinken Blick gekreuzt, der sich an einem Gegenstand festhakt und ihn wie eine Nadel durchbohrt. »Ist das neu?« fragt sie dann mit vorgetäuschter Gleichgültigkeit in der Stimme, wobei sie versucht, ihre Neugier im Zaum zu halten – und die Habgier, füge ich hinzu. Sie streckt die Hand aus, sie kann sich einfach nicht zurückhalten, um für eine Sekunde die Kette, den Anhänger, das Armband zu berühren. »Wie schön«, kommentiert sie dann und setzt eine heitere Miene auf, in Wirklichkeit ist sie traurig, weil das Stück nicht ihr gehört. Ich kenne sie, mein Schwesterherz.

Und ich weiß auch, daß sie eine Meisterin im Klagen ist. Seit einigen Jahren, seit unsere Mutter nicht mehr so rüstig ist, belagert sie sie pausenlos. Sie stellt es geschickt an, achtet darauf, daß keine unliebsamen Zeugen in der Nähe sind, und geht systematisch ans Werk. Nach solchen Belagerungen läßt die Mutter manchmal ein paar Worte fallen, aber immer seltener, denn inzwischen hat Annamaria sie fest im Griff.

Ich kenne die Sprüche meiner Schwester, denn von Zeit zu Zeit versucht sie sie auch an mir, in der Hoffnung vielleicht, mir etwas aus der Tasche ziehen zu können, obwohl sie weiß, daß ich es selbst nicht üppig habe. »Armer Giorgio«, sagte sie, als ihr Ehemann noch unter den Lebenden weilte, »er dauert mich so sehr. Er rackert sich ab, ich weiß nicht, wie lange er das noch durchsteht, ich mache mir inzwischen Sorgen um seine Gesundheit. Aber wir haben ja zwei Kinder, er darf nicht einmal daran denken, die Arbeit an den Nagel zu hängen. Weißt du, er ist eben ein edler Mensch und protestiert nicht, wenn er für mieses Geld wie ein Sklave schuften muß. Er jammert nicht, tut so, als sei alles in Ordnung, aber ich weiß, wie er sich in Wirklichkeit fühlt.«

Heute gilt ihr Klagelied dem Nachwuchs. »Die armen Kinder«, beginnt gewöhnlich ihre Leier, »die wissen noch nicht, wie hart sie später einmal schuften müssen. Vor allem für Emanuele tut es mir leid, der davon träumt, im Ausland zu studieren, aber was willst du, wir können uns das einfach nicht leisten. Sie hätten ein Stipendium gebraucht, aber meinen Kindern hat es immer an der notwendigen Konzentration gefehlt, um Höchstleistungen in der Schule zu erreichen. Und daran sind allein wir schuld, wir mit unseren Problemen ...«

Wenn sie erst eine Atmosphäre allumfassenden Mitleidens geschaffen hat, geht sie zum Angriff über.

Ihr Zielobjekt ist dann ein Gemälde, ein Teppich oder ein Möbelstück, das gerechterweise ihr zusteht, denn die Brüder haben einfach größeres Glück gehabt, größere Gunst erfahren, oder sie verdienen einfach mehr als ihr armer Mann. Oder es steht ihr zu, weil es sie trösten würde, ein kleines Zeichen der Zuneigung in einem Augenblick besonders akuter Traurigkeit zu empfangen.

Und wenn sie die Schlauheit – die »Eleganz«, würde sie sagen – besitzt, nie ausdrücklich um Geld zu bitten, ist sie dennoch nie verlegen, die Finanzierung des Klavierkurses für eines ihrer Kinder anzuregen (und die Mama, entzückt von einer so noblen Lernbegierde, die ganz auf der Linie ihrer Traditionen liegt, rückt glückselig das Portemonnaie heraus). Genauso verhält sie sich, wenn es um einen Beitrag für den besonders teuren Ferienaufenthalt des anderen Kindes geht; um die Genehmigung, sich von der Schneiderin der Mutter – gratis – ein schönes Kleid nähen zu lassen, das sie dann doch nie anzieht; oder um die – ebenfalls unentgeltliche – Hilfe der Haushälterin unserer Mutter für einen Großputz in ihrem Haus: Fensterreinigung, Vorhänge waschen, Fußböden schrubben, »die es gründlich nötig haben«. All diesen sehr vernünftigen Forderungen will und kann die Mama sich nicht widersetzen, doch unter Seufzern berichtet sie mir anschließend davon. Immer öfter ruft sie mich zu Hilfe, um nicht Annamaria ausgeliefert zu sein, die es in Gegenwart von Dritten meist bei den allgemeinen Lamenti beläßt und trautere Momente abwartet, die Mama unter Beschuß zu setzen, um etwas Bestimmtes einzuheimsen.

Meine Schwester besitzt nicht nur die Fähigkeit, zu bitten und zu betteln, sie ist auch imstande, denen ein Schuldgefühl einzuflößen, die ihrer Ansicht nach das haben, was sie nicht hat. Und da wir uns für die Schuld, die sie uns eingibt, schämen, haben wir immer die Hand aufgemacht: jeder für sich, ohne daß der eine vom anderen wußte. So haben wir im Gespräch manchmal die Entdeckung gemacht, daß sie an ein und demselben Tag ein Geschenk von der Mama, von Paolo und auch von mir bekommen hat, oder besser gesagt von meiner Frau, die Annamaria auch nach Jahren noch nicht durchschaut.

Ich weiß nicht, warum Annamaria ausgerechnet wegen des Schreibtischs einen solchen Aufstand gemacht hat. In diesem speziellen Fall hat sie nämlich nicht taktiert und um den heißen Brei geredet, sondern ist geradewegs auf ihr Ziel zugesteuert. Der Schreibtisch stehe Paolo nicht zu – wiederholte sie –, und aus diesem Grund sei es auch nicht rechtens, daß er ihn benutze. In Wahrheit stand er auch ihr nicht zu, sondern mir. Sie behauptete, daß unser Vater Paolo das Stück niemals überlassen hätte und deshalb die Mutter auch kein Recht hätte, darüber zu verfügen: unser Bruder müsse ihren Gerechtigkeitssinn doch begreifen. Ihren Anspruch, nicht weniger als wir zu besitzen, konnte sie in ihrer Wahnvorstellung als Sinn für Gerechtigkeit ausgeben. Ja, sie hätte es als rechtens angesehen, etwas mehr oder auch viel mehr als wir zu bekommen.

Für Annamaria war es nicht leicht, den Widerstand der Mutter zu brechen, die sich mit Händen und Füßen wehrte, um ja ihr geliebtes »Söhnchen« nicht eines Guts zu berauben. Nur um ihm diesen Kummer zu ersparen, hat sie Annamaria verschiedene Alternativen angeboten: die Truhe aus ihrem Schlafzimmer, das schöne Marinegemälde, doch offensichtlich erregte nichts davon das Wohlgefallen meiner Schwester. Sie war geradezu versessen auf den Schreibtisch, der höchstwahrscheinlich mehr wert war als die Kommode und das Gemälde zusammen. Am Ende hat unsere Mutter sich aus Nachgiebigkeit, aus Angst oder um sich für den unermüdlichen Beistand bei Annamaria erkenntlich zu zeigen, geschlagen gegeben und veranlaßt, daß der Besitzerwechsel stattfinden sollte. Doch bevor der Plan in die Tat umgesetzt werden konnte, hat Paolo ihnen einen Strich durch die Rechnung gemacht und ist verschwunden.

Auf seine Art und Weise hat auch er versucht, sich zu widersetzen, stillschweigend, ohne die Sache mit Entschlossenheit anzugehen. Er hat sich gedrückt, hat ein paar Tage verstreichen lassen und so getan, als hätte er keine Ahnung von der bevorstehenden Aktion, die unsere Schwester ins Rollen gebracht hatte. In Wirklichkeit muß er sich als verwöhntes Jüngelchen, das er ist, die skandalöse, unerwartete Besitzenthebung über alle Maßen zu Herzen genommen haben. Das einzig Vernünftige wäre gewesen, Annamaria zum Teufel zu schicken, aber das hat er nicht getan.

Er hat mich angerufen, was sehr selten vorkam, um mit mir über das heißbegehrte Möbelstück zu sprechen; es war ein Hilferuf auf seine Weise: Hie und da ließ er ein halbes Wort fallen, und man begriff oder man begriff nicht. Aber wer bin ich denn, um dem Herzblatt der Mama zu Hilfe zu eilen, ich, der ich auf der Zuneigungsskala an dritter Stelle stehe?

»Ich weiß nur, daß es so beschlossen wurde«, sagte ich zu ihm. Jetzt tut mir das natürlich leid, aber ich verheimliche nicht, daß ich damals ein Stückchen Genugtuung empfunden habe, als ich ihn von der Abkehr unserer Mutter unterrichtete, die bislang seine getreue, unverbrüchliche, unermüdliche Beschützerin war. Mit Traurigkeit reagierte er, nicht mit Wut oder Grimm, ohne die Stimme zu erheben, ohne zu rebellieren. Er war nur ein wenig verdrossen, resigniert, traurig eben.

Aber er hätte davon abkommen sollen, uns auf

diese Weise – nämlich von zu Hause wegzugehen und einfach zu verschwinden – zu bestrafen, es ist und bleibt unverständlich. Ich kann einfach nicht glauben, daß ein Möbelstück der berühmte Tropfen sein soll, der das Faß zum Überlaufen gebracht hat. Ein Möbel ist ein Stück Holz, und sei es auch wertvoll und wunderbar – keiner weiß das besser als ich –, es ist vergänglich, ersetzbar, austauschbar. Abgesehen von dem Schreibtisch, das stimmt, kann der Riesenverrat der Mama und der nur wenig geringfügigere der Schwester den Ausschlag gegeben haben. Doch auch er weiß, daß die Mama nicht mehr die von früher ist, und kennt die Annamaria von heute, ihre Schwierigkeiten und ihren Kummer – ohne Ehemann und mit den etwas besorgniserregenden Kindern; sie ist völlig anders als die junge, liebevolle und unbeschwerte Schwester von einst. Ich bin der erste, der sagt, daß sie im Laufe der Jahre ein Gierhals geworden ist und ihr Herz nur noch an das hängt, was für sie gewinnverheißend ist. Doch man muß sie auch wiederum verstehen. Trotz der Habgier, der sie sich auf ihrem ziemlich trostlosen Lebensweg verschrieben hat, ist sie nicht bösartig, sie kann es nur nicht mit ansehen, daß es anderen – wenn auch nur in ihrer Einbildung – bessergeht als ihr. Was die Mama betrifft, ist ja bekannt, daß die Menschen im Alter schwach werden und denen ausgeliefert sind, die aufopfernd an ihrer Seite stehen.

Als mein Bruder im Nichts verschwunden ist, haben wir bei ihm zu Hause den berühmten, prächtigen Schreibtisch gefunden. Praktisch war nichts anderes mehr da, verloren und imposant prangte der Tisch in der kahlen Wohnung. Als hätte Paolo geplant, daß wir den schönen, wertvollen und soliden Tisch abholbereit vorfinden – statt seiner, der verschwunden war. Ein Tauschgeschäft also: Ich verschwinde, und ihr findet ihn, den Tisch, nehmt ihn euch, bringt ihn weg, er ist euch ja viel wichtiger als ich, oder nicht?

Und in der Tat hat Annamaria den Tisch umgehend abtransportiert. Ich begreife nicht, warum sie es so eilig hatte, als wollte sie sich das Stück um jeden Preis unter den Nagel reißen, bevor unser Bruder zurückkehrte und womöglich die Absicht hätte, es noch wer weiß wie lange in Anspruch zu nehmen. Oder vielleicht dachte er, daß auch ich Ansprüche geltend machen könnte. Niedergeschlagen, schmerzlich getroffen, verwirrt, ja gewiß, das war sie, aber sie hat sofort mit unglaublicher Geschwindigkeit das Transportproblem angepackt. Äußerst penibel sorgte sie dafür, daß der Schreibtisch mit größter Vorsicht verpackt und nicht beschädigt wurde, daß die Fahrt gut über die Bühne ging. Und auch günstig, liegt mir auf der Zunge. In Wirklichkeit hätte sie alle Zeit der Welt gehabt, um die Sache ruhig anzugehen, ohne gehetzt und ungeduldig zu sein.

Wird mein Bruder zurückkommen? Ich denke, ja. Er kann nicht für immer wegbleiben, ihm fehlt die Kraft, um sich einfach so aus dem Nichts ein neues Leben aufzubauen, ohne Heimweh für das zu verspüren, was er zurückgelassen hat, ohne Gewissensbisse zu haben, weil er uns all das angetan hat. Er ist nicht der Typ, ich kenne ihn. Und ich weiß bereits, wie er sein wird, wenn er wieder auftaucht. Genauso wie zuvor, höflich, freundlich und etwas formal. Er wird so tun, als sei nichts geschehen, als sei er niemals weggegangen; wenn möglich, wird er sein Leben da fortsetzen, wo er es unterbrochen hat, wie jemand, der ein Kleidungsstück nach Jahren wieder anzieht und entdeckt, daß es noch immer wie angegossen sitzt. Er wird uns nichts über die Zeit erzählen, die er an einem anderen Ort verbracht hat, und vergeblich wäre unser Drängen, etwas von ihm zu erfahren, irgendeine Auskunft von ihm zu erhalten. Wer weiß, vielleicht werden auch wir gezwungen sein, so zu tun, als sei nichts passiert, als sei er nie weggegangen; die Vorwürfe und ausgestandenen Ängste müßten wir dann einfach hinunterschlucken und so tun, als hätten wir alle Qualen längst vergessen.

Er wird seinen Platz als Lieblingssohn wieder einnehmen, und ich werde wieder der letzte und nicht die Hauptperson sein wie jetzt, wo mich alle fragen und sich an mich wenden. Er wird ein in flüssiges Gold getauchter Held sein, der durch die lange Abwesenheit seinen Wert noch gesteigert hat. Und ich, der ältere Bruder, werde erneut der Lückenbüßer sein, der nur Beachtung findet, wenn ein anderer fehlt, eine Leerstelle zurückgelassen hat. Ich war sauer auf ihn, als er da war, jetzt bin ich sauer, weil er verschwunden ist, und ich werde sauer sein, wenn er wieder zurück ist.

Das sind Gefühlsregungen eines Zwölfjährigen, ich aber bin schon über Vierzig. Wahrscheinlich ist das mein eigentliches Drama.

Bianca

Wer weiß, warum ich es getan habe. Seit er verschwunden ist, muß ich wieder daran denken. War es ein Racheakt, eine Provokation oder nur ein dummer, unverzeihlicher Gewaltausbruch? Ich habe es nie jemandem gebeichtet, nicht der Mama, nicht den Freundinnen und am allerwenigsten Paolo. Er aber wußte es, hatte es spitzgekriegt. Und das war natürlich der Anfang vom Ende, wenn nicht gar das Ende. Kein Wort verlor er darüber, er äußerte sich in keiner Weise, sondern blieb mehr oder weniger der alte. Doch sein Blick war anders geworden, vielleicht auch sein Ton, wenn er mit mir sprach. Irgend etwas veränderte sich, im Untergrund, und heute weiß ich, daß dies sehr viel bedrohlicher und schwerwiegender ist als die an der Oberfläche sichtbaren Veränderungen.

Es gibt keine rationale Erklärung für das, was ich getan habe. Ich habe mich gehenlassen. Und dennoch liebte ich ihn, hatte so ziemlich alles an ihm liebgewonnen: sein Lachen, sein Scheusein, seine Angewohnheit, die Arme leicht vom Körper nach hinten abgewinkelt zu halten wie in Erwartung, fast auf der Hut, zur Reaktion bereit. Als rechnete er stets mit dem Schlimmsten. Vielleicht hat er von mir das Schlimmste gehabt, wenn auch nur für einen Moment.

Ich wollte vollkommen in den Kreis seiner Familie aufgenommen werden, richtig zu ihnen gehören, mehr von ihnen akzeptiert werden, deshalb – was für ein Paradox – habe ich es getan. Aber auch um ihn zu bestrafen für seine Distanziertheit, für die Momente der Gefühlskälte, für sein Beschämtsein wegen meiner Friseurmutter, für sein wohlerzogenes Schweigen, sein Nichtreagieren auf meine Provokationen, seine Art, mich wie ein etwas gefährliches Tier zu behandeln, als zöge er sich lieber besondere Schutzhandschuhe über, bevor er mich anfaßte, auch deshalb habe ich es getan. Und außerdem, weil ich traurig war, weil ich mir sicher war, daß er es nie erfahren würde. Und weil es ein großes Tabu war.

Er lag im Krankenhaus, nach dem Autounfall; er schwebte nicht gerade in Lebensgefahr, aber er hatte Brüche und Prellungen und zahlreiche Schnittwunden am Kopf, außerdem eine Gehirnerschütterung. Das bedeutete einen Monat Krankenhaus, und selbstverständlich besuchte ich ihn jeden Tag. Abwechselnd kamen seine Familienangehörigen, die Mutter, Annamaria, Fabrizio, dann die Freunde und all die Tanten, und ich war immer dort, fast immer. Der netteste – der einzig wirklich Nette – war Fabrizio. In meinen Augen ähnelte er Paolo, nicht so sehr im Aussehen, sondern vielmehr in einer gewissen Art von Sanftmut, einer bestimmten Unsicherheit und im Drang zu gefallen. Insbesondere mir wollte er gefallen, wie ich merkte.

Ich konnte mir nichts Besseres wünschen, als einem Mitglied der Familie genehm zu sein, es zu meinem Verbündeten zu machen, um die schwache, aber unbesiegbare Verweigerung Paolos mir gegenüber zu überwinden, seinen nicht greifbaren, aber stets vorhandenen Zweifel, ob ich wirklich zu ihm, seiner Lebenseinstellung, seinen Traditionen, seinem Haus, seinen Freunden und Verwandten paßte. Es versteht sich von selbst, daß ich alles tat, um in den Augen seines Bruder als vollkommenes Wesen zu erscheinen. Eines Tages, als wir uns im Krankenhaus begegneten, noch in der Zeit, da man den Verletzten nicht länger als ein paar Minuten besuchen durfte, lud er mich zum Abendessen ein.

Fabrizio ist groß, stark, mächtig, ein schöner Mann ist er, wohingegen Paolo nur ein hübscher Jüngling ist. Kaum waren wir im Freien, nahm er meine Hand fest in die seine. Er gefiel mir, denn er erschien mir wie ein Beschützer, ein Trostspender: Trost für uns beide, die wir angesichts der Angst und des Schmerzes, die uns gleichermaßen trafen, verloren waren. Ich vertraute mich ihm an, und er wurde auch für mich sofort so etwas wie ein älterer Bruder.

Wir sprachen im Restaurant miteinander, nicht viel, aber wie zwei, die sich wohl miteinander fühlen. Anfangs redeten wir vor allem über Paolo, unser gemeinsames Thema, beruhigend wie eine breite, tragfähige Brücke. Dann über anderes, über uns, ein beschwerlicheres und riskanteres Terrain wegen des Tons, der nicht mehr der zweier Halbverwandter war, sondern der von zweien, die sich zum erstenmal begegnen und wissen, daß sie einander gefallen, und zugleich auch wissen, daß sie sich nicht gefallen dürfen, zumindest nicht auf diese Weise. Ausgewogene, neutrale Sätze wurden gesprochen, als wollte man die Straße testen, und doch existierte bereits eine unbestimmte Erwartungshaltung in uns. Schuld waren natürlich die Worte, mit denen wir uns herausgefordert hatten: vom Anfangsspiel an, als wir uns wie Verwandte aufführten, bis wir uns schließlich als Fremde, aber in intimer Vertrautheit wiederfanden.

Was kann Schlechtes daran sein, wenn man plötzlich einen Mann begehrt, das Gewicht seines Körpers auf sich spüren möchte, wenn man das intensive Bedürfnis hat, ihn in sich zu fühlen, ganz tief, wie einen Helfer, einen Retter, ohne den man nicht sein kann? Es war keine Liebe, aber eine Notwendigkeit, die dem Hunger ähnlich ist, der einen verfolgt, an den man ununterbrochen denken muß, eine fixe Idee, die einen nicht mehr losläßt. Warum muß eine Frau immer und immer wieder getadelt werden, wenn sie ein Bedürfnis wie dieses verspürt? Weshalb gilt sie sofort als unzuverlässig, unverantwortlich, wenn nicht gar als verwerflich und unsittlich?

Fabrizio habe ich nie gefragt, weshalb er sich von einem dringenden Bedürfnis, das meinem ähnlich war, hat überwältigen lassen, wir sprachen nicht darüber, kein Wort verloren wir über das, was zwischen uns vor sich ging. Vielleicht wollte er etwas von dem Bruder besitzen, der mehr als er geliebt wurde, mehr Glück hatte, von allen bevorzugt wurde. Vielleicht war es ihm gleichgültig, wie ich war, wichtig war nur, daß ich in gewisser Weise ein Teil von Paolo war. Deshalb habe ich ihm vermutlich so sehr gefallen, daß wir uns, wenige Stunden nachdem wir das Krankenhaus verlassen hatten, bereits in den Armen lagen.

Der eine hat jeweils den anderen begleitet, zweioder dreimal, von mir zu Hause ins Hotel und wieder zurück, und wir wußten längst, wie es ausgehen würde. Dieses gegenseitige Sichbegleiten war nur ein Vorwand, um die Zeit reifen zu lassen und die insgeheim getroffene Entscheidung – als handelte es sich um ein unausweichliches Ereignis, einen selbstverständlichen Schlußpunkt, der uns Frieden, Trost und auch Befriedigung schenken sollte – weniger überstürzt und mehr als Zufall wirken zu lassen. Kann es etwas Schöneres geben, als den absolut sicheren Genuß durch Hinauszögern vorzukosten und so auch das Begehren zu steigern?

Durch die Verlängerung des Gutenachtwegs dehnten wir das Gefühl einmütigen und glückseligen Erwartens aus.

Schließlich ging ich mit in sein Hotelzimmer hinauf. Bis zu diesem Moment hatten wir uns, außer an den Händen, noch nicht berührt, rein und unschuldig waren wir, und die Küsse wurden so vielleicht noch unwiderstehlicher. Ich war voller Schamgefühl, und er auch, nehme ich an. Das Ganze konnte ja wie ein mieser Verrat aussehen, aber ohne Reue wäre es eine andere Sache gewesen, eine wirksame, gefühllose Gymnastikübung.

So aber war es wunderbar, und Fabrizio machte nicht den geringsten Fehler, so als würde er mich durch Paolos Vermittlung bereits kennen. Jede Geste von ihm war so, wie ich es gerne wollte, jede Zärtlichkeit wurde ungeduldig herbeigesehnt. In einer Sekunde waren wir vereint, im verborgenen, einander ähnlich und brüderlich nah, vertraut unsere Körper, gezähmt durch den anderen. Es wäre eine Sünde gewesen, dachte ich, eine nicht wiedergutzumachende Unterlassung, wenn wir uns im Krankenhaus nur begrüßt, nur knapp gestreift hätten und uns dann auf Nimmerwiedersehen verabschiedet hätten.

Still und heimlich, ohne daß eine Absprache nötig gewesen wäre, trafen wir uns während seines einwöchigen Besuchs, der ursprünglich nur zwei Tage hätte dauern sollen, immer wieder. Bei jedem Treffen sprachen wir weniger, denn wir beherrschten unsere Kunst vollkommen und hatten die Absicht, sie mit Hingabe zu leben, Worte bedurfte es dazu nicht. Aber wir vermieden auch zu reden, weil die Zeit zu Ende ging und über das Danach gab es nichts, aber rein gar nichts zu besprechen oder festzulegen. Beim Auseinandergehen wechselten wir ein paar banale Sprüche über die Zukunft, aber so, wie man dem Meer eine Flaschenpost anvertraut. Ich schwebte noch weiter in Traumvorstellungen, bevor die in jener Woche angehäuften Emotionen verblaßt waren. Das dauerte eine ganze Weile, wie ein dunkler Bluterguß, der von einem heftigen Schlag stammt und Tag um Tag an Farbe verliert.

Anfangs war es besonders schwierig, mit beiden Brüdern zugleich zu leben, mit dem einen im Kopf, im Herzen, mit dem anderen so, als hätte er mir ein Brandmal auf der Haut hinterlassen. Und es kostete mich Kraft, nicht mit Paolo darüber wie über eine außerordentliche Sache zu sprechen, die mir zugestoßen war; ich hätte es als selbstverständlich empfunden, sie mit ihm zu teilen, der immer so zufrieden, ja glücklich war, wenn mir gute und schöne Dinge widerfuhren.

Einige Monate später aber dachte Fabrizio daran,

ihn aufzuklären; mir half das in erster Linie, mich von der Geschichte zu befreien. Alles weg, mit einem Schlag weggewischt wie mit einer Wasserladung aus dem Eimer. Begraben habe ich alles, um nicht von der Erinnerung eingeholt zu werden. Ich kenne die Worte, auch wenn ich sie nicht persönlich gehört habe, mit denen er es ihn hat wissen lassen. Es sind dieselben Worte, die noch immer gegen Frauen geschleudert werden – diese erbärmlichen, vernunftlosen Geschöpfe, die einem heftigen Impuls nachgeben, anstatt ihn zu unterdrücken und sich zu kasteien, wie es die veralteten Moralgesetze vorschreiben.

»Hör mal«, wird er angefangen haben, »mit wem hast du dich da eingelassen? Es tut mir leid, dir das zu sagen, aber da es dir ernst zu sein scheint, ist es richtig, daß du die Wahrheit erfährst. Du kannst ihr nicht trauen, begreifst du nicht, daß sie eine Schlampe ist?«

Und im Falle, daß Paolo ungläubig, verärgert oder nicht ganz bei der Sache, unaufmerksam gewesen wäre, hätte er insistiert: »Hör auf mich, glaube mir, ich weiß es mit Sicherheit.«

»Von wem willst du das wissen?«

»Ich weiß es eben selbst.«

»Bist du Psychologe?«

»Nein, aber ich bin mit ihr ins Bett gegangen.«

Ich habe Paolo vor Augen, wie er völlig niedergeschmettert und verdutzt ist, wie ein Kind, dem unverdient eine kräftige Backpfeife verpaßt wurde.

»Ist das dein Ernst?« wird er entgegnet haben, und seine Gesichtsfarbe veränderte sich, doch er blieb verhalten, hatte sich bereits unter Kontrolle.

»Ja, ich schäme mich auch, es zuzugeben. Ich bedaure aufrichtig, es getan zu haben. Aber jetzt kann ich einfach nicht zulassen, daß du dein Leben einer Frau in die Hand legst, die dich betrogen hat, als du halbtot im Krankenhaus lagst.«

»Mit meinem Bruder hat sie mich betrogen.«

»Du weißt selbst sehr gut, daß solche Dinge von den Frauen ausgehen. Es war nicht einmal nötig, sie zu küssen, um sie ins Hotel mitzunehmen.«

»Also hat sie alles kombiniert ...«

»Ich war deprimiert, vielleicht wollte sie mich auch nur trösten und suchte selbst etwas Trost. Wir dauerten einander, wir haben zusammen gegessen, nur um nicht allein zu bleiben, ich war müde, fix und fertig von der Reise und der Angst zu wissen, daß kein Knochen deines Körpers mehr heil geblieben war. Mit ihr etwas anzufangen war das letzte, woran ich in jenem Augenblick dachte. Aber wir haben etwas getrunken, und unterwegs hat sie sich dann an mich gehängt. Es war ein Fehler, aber wenn er dir die Augen über die Frau öffnen kann, mit der du zusammen bist, dann soll der Fehler willkommen sein.«

»Und danach?« wird Paolo mit gezwungen ruhiger Stimme gefragt haben.

»Danach nichts mehr, absolut nichts. Ich habe sie nicht mehr sehen wollen, außerhalb des Krankenhauses. Ich habe mich davor gehütet, noch einmal mit ihr essen zu gehen oder sie auch nur zu begleiten. Sie ist noch eine Weile um mich herumgestrichen, dann hat sie es aufgegeben.«

»Und jetzt erzählst du mir das zu meinem eigenen Wohl.«

»Nun, ich habe es mir lange überlegt, denn ich habe nichts gegen deine Verlobte, aber du bist mir nun einmal wichtiger.«

Mir stellte Paolo keine Fragen. Ich habe es eines Tages an seiner bissigen Bemerkung über seinen Bruder erraten, von dem er bislang immer nur in liebevollem Ton gesprochen hatte. »Ich habe keine Geschwister«, beendete er brüsk einen Gedankengang über seine Familie; und ich, die immer nachhakte, mich einmischte, Kommentare gab, war bestimmt rot im Gesicht geworden und wagte nicht, irgend etwas zu fragen, um ja nicht mitzukriegen, was er wußte. Vielleicht sah er mich wegen meiner ungewohnten Schweigsamkeit überrascht an, vielleicht hoffte er auch nervös, daß ich etwas einzuwenden oder zu dementieren hätte. Aber ich blickte zur Seite, als wäre ich beim Stehlen ertappt worden.

Auch bei anderen Gelegenheiten wich ich seinem Blick aus, nämlich wenn das Gespräch auf seinen Unfall oder auf Fabrizio kam, wer weiß, ob das reiner Zufall oder Absicht war. Jedesmal versuchte ich dann, unbemerkt das Thema zu wechseln, wie jemand, der vorsichtig mit dem Fuß eine tote Kakerlake unterm Schrank verschwinden läßt, damit der Besucher sie nicht bemerkt. Doch hinter der einstudierten Gleichgültigkeit zitterte meine Stimme.

Kann ich behaupten, daß Paolo hinterher anders war? Ein wenig ja, aber nicht sehr viel: Er wirkte vor allem unzufrieden, noch unzufriedener. Aber ich weiß, daß die in weiter Ferne liegende knappe Woche verbotener Unbeschwertheit mir nicht verziehen wurde. Sie hat mein ganzes Leben verändert. Eine Frau muß ihr Leben lang auf diese Weise für eine Unbesonnenheit büßen. Ich habe es bereits gesagt, theoretisch gesehen habe ich Paolo verlassen, in Wahrheit aber ist natürlich er es gewesen, denn er hat mich so weit gebracht, daß ich nicht länger tatenlos seine düsteren Launen erduldete.

Häufig habe ich mich gefragt, wie ich denn reagiert hätte, wenn er mir so etwas angetan hätte. Ich habe keine Schwestern, doch an ihrer Stelle nehmen wir eine Freundin, eine sehr gute Freundin. Ich hätte ihn auf der Stelle verlassen, unter viel Gezeter und Tränenvergießen. Doch nicht endgültig, zumindest glaube ich das nicht. Ich hätte mich gezwungen zu akzeptieren, daß auch die Männer nicht verpflichtet sind, sich zu quälen und zu kasteien wie die antiken Christen in der Fastenzeit beim Anblick von Würsten und Speck. Ich bin mir meiner Inkonsequenz sehr wohl bewußt, doch die Freundin hätte ich bis aufs Blut gequält.

Bedenke ich es jetzt, lange Zeit danach, hat Paolo mit einem Schlag den Bruder und die Verlobte verloren. Sei's drum, was die Verlobte angeht, die ich war, denn wie viele andere werden sich noch einstellen, und in der Tat hat er rasch eine neue gefunden. Aber mit den Geschwistern ist es etwas anderes. Zu Lebzeiten einen Bruder oder eine Schwester wegen so etwas zu verlieren, bedeutet, das Vertrauen in den aufzugeben, der einem stets selbstverständlich nahe war. Das ganze Verhalten muß daraufhin geändert werden, die Art zu sprechen und zu sehen, denn man fragt sich ständig: Ist er es oder ist er es nicht? Sagt er gerade die Wahrheit, oder lügt er? Hat er mich gern, bin ich ihm sympathisch, interessiere ich ihn, bin ich ihm gleichgültig, gehe ich ihm auf die Nerven, oder kann er mich womöglich nicht ausstehen?

Ich bin mir sicher, kein seit langem bewährtes Band von Zuneigung und Aufmerksamkeiten zerrissen zu haben. In erster Linie, weil sich die beiden Brüder äußerst selten sahen, aber vielleicht habe ich mit meinem unvernünftigen Handeln – und mit der hassenswerten Hinterhältigkeit Fabrizios – eine Beziehung zerstört, die auf der Schiene einer nüchternen, doch soliden Zuneigung ein ganzes Leben lang Bestand gehabt hätte. Vielleicht war aber längst etwas faul, und ich diente nur dazu, das Faule aufbrechen zu lassen – als Werkzeug und zugleich, mehr oder weniger geplant, als Jagdbeute und keineswegs als zauberhaftes Wesen, für das einer aus heiterem Himmel und unwiderstehlich in Verzückung gerät.

Zum Glück habe ich Fabrizio, den feigen und rätselhaften Fabrizio, der so viel Begabung im Leib und einen so schwachen Geist hat, nie mehr wiedergesehen. Wenn ich bedenke, daß wir uns beide eine angenehme Erinnerung, ein wohltuendes Geheimnis für die dunklen Momente hätten bewahren können, aber nein, er hat es statt dessen in seiner Niederträchtigkeit für mich zu einem Gewissensbiß werden lassen, der mir heute noch bitter aufstößt.

Seit Paolo verschwunden ist, war ich mehrfach drauf und dran, seiner Familie ein Lebenszeichen von mir zukommen zu lassen und so Neuigkeiten zu erhaschen, die nicht in der Zeitung stehen. Aber ich hatte keine Lust, Fabrizio wiederzusehen oder auch nur seine Stimme zu hören. Es wäre ja nicht schlimm, wenn er immer schon gegen mich gewesen wäre, wie es die Frau Mutter war. Doch der Gedanke, daß wir in der Vergangenheit eine ganze Woche lang wie zwei Liebende waren, während er jetzt für mich nur ein verachtenswerter Halbunbekannter ist, war für mich unerträglich.

Nach meiner Zeit haben die beiden Brüder möglicherweise doch wieder Kontakt zueinander aufgenommen. So wie ich Paolo kenne, kann ich mir das lebhaft vorstellen, und ich wünsche es mir von ganzem Herzen. Aber wie haben sie sich wiedergefunden bei dem, was vorgefallen ist? Wahrscheinlich hat er angefangen, Fabrizio auf dieselbe freundliche Art und Weise wie immer zu behandeln, aber im Grunde seines Herzens war er weit von ihm entfernt, fremd und kalt; es war nie mehr möglich, sich dem anderen anzuvertrauen, sich bei ihm anzulehnen, ihm sein Herz auszuschütten. Vor allem das tut mir leid.

Was ein winziges Abenteuer aus purer Leichtfertigkeit hätte sein können, wurde für Paolo zu einer lästigen, vielleicht nicht deutlich sichtbaren Wunde von der Art, die nie mehr verheilt, aber stets Wundserum absondert. Für die Heilung dieser Wunde würde ich heute gern mit meinem Trost, den ich bei Fabrizio gefunden hatte, bezahlen, der ja nicht lange währte und sofort ins Gegenteil gekehrt wurde. Das würde ich auch Paolo gern sagen, mit ihm darüber reden, ohne die Augen abzuwenden oder tote Kakerlaken unter den Schrank zu schieben. In diesem Augenblick begreife ich nicht, warum ich es nicht längst getan habe, wieso mir der Mut gefehlt hat, mir, die ich nie ein Blatt vor den Mund nehme und gute Worte und Mitgefühl mehr als genug verteile, ohne Angst. Wenn ich ihm wieder begegnete, ihn wiedersähe, wenn er zurückkehren sollte, würde ich es ihm ohne zu zögern sagen.

Wer weiß, ob sein Leben danach glücklicher gewesen ist als meines: Ich bin immer davon ausgegangen, denn allein ist er nicht geblieben, die Liebe hat ihn wieder in ihre Arme geschlossen, und die neue Verlobte hat sich sicherlich als passender erwiesen als die alte. Sie ist vernünftiger, gescheiter, stärker und fähig – ohne sich einen Fehler zu leisten, wie ich es getan habe –, ihn in den Hafen einer ruhigen und beständigen Ehe zu steuern. Doch die Tatsache, daß er verschwunden, weggegangen, geflüchtet ist, läßt den Zweifel in mir aufkommen, daß sein Leben doch nicht sehr viel besser war. Vielleicht war es sogar schlimmer als meines.

Und an alledem soll ich schuld sein? Das kann ich nicht ertragen. Ich will die Schuld zumindest mit seinem Bruder teilen, halbe-halbe machen mit ihm. Nur daß Fabrizio hinterher bestimmt der zufriedenste von allen ist.

Sich die Verlobte, wenn auch nur für wenige Tage, von dem auszuborgen, der ihm stets zwei, drei, zehn Schritt vorausgewesen ist, muß ihm einen richtigen

Kick besorgt haben, der noch immer seine Wirkung hat. Ganz zu schweigen von dem Genuß, den er verspürt hat, als er es ihn hat wissen lassen und dabei mich, die ich wenig zähle, erniedrigt hat, vor allem aber den beneideten Bruder. Mir sind ähnliche Freuden versagt geblieben. Doch das ist ohne Bedeutung, denn ich suchte sie nicht. Jetzt ist mir Paolo wichtig, ihn muß ich wiederfinden, und sei es auch nur, um ihm all das zu sagen.

Beatrice

Er hat nicht geschrieben, hat sich nicht gemeldet, weder bei mir noch bei jemand anderem, zumindest soweit ich informiert bin. Er hat mich vergessen, mich am Wegrand ausgesetzt, als hätte ich nie für ihn existiert. Das ist kein schönes Gefühl. Nicht einmal der anonyme Brief hat zu einer Spur geführt. Ein Scherz war das, nichts weiter, ein Spaß, den sich irgendein Leichenfledderer erlaubt hat, jemand, der die Familie kennt, sie womöglich haßt: ohne Bedeutung ist er jedenfalls, das hat auch die Polizei gesagt.

Es kann nicht anders sein, Paolo ist mit einer Frau abgehauen; doch das behalte ich besser für mich, denn ich habe keine Lust, Mitleid zu erregen, getröstet zu werden. Die anderen glauben das nicht, aber ich, die ich ihn besser als alle anderen kenne, habe kaum mehr Zweifel. Ich weiß, daß sich hinter seiner Verfügbarkeit und Korrektheit, seinem Einverstandensein mit allem und allen noch ein anderes Gesicht verbarg. Schön verdrängt lebte da eine Unbeständigkeit, eine Lust auf Regelverstoß, gleichzeitig aber eine Unsicherheit, die das Leben dessen, der an seiner Seite war, sehr viel schwieriger machte, als man es sich vorstellen kann.

Nicht daß sich eine schwarze Seele in ihm verborgen hielt, aber ein bißchen dunkel war sie schon. Wenngleich seine Familienangehörigen sie stets als kristallklar und unbefleckt sehen wollen, was viel bequemer ist. Bequem ist es jetzt auch, an einen Unglücksfall, einen Schicksalsschlag, eine unvernünftige Geste zu denken. Im übrigen haben sie ihn rasch aus dem Gedächtnis verbannt, drei Monate waren genug. In seiner Wohnung lebt bereits ein neuer Mieter, und ich kann mir vorstellen, daß die wenigen Dinge, die von Paolo übriggeblieben sind, aufgeteilt wurden, vielleicht hat man die unbedeutendsten Gegenstände den Bedürftigen der Pfarrgemeinde vermacht. Die Familie ist sehr gläubig, und sicherlich verrichten sie auch wohltätige Werke.

Wer weiß, ob Evelina Paolos Auserwählte ist oder eine andere Frau, eine Unbekannte, eine, die ich nicht einmal flüchtig auf dem Bahnhof gesehen habe wie die schwarzgekleidete Blondine. Oft denke ich daran, aber ich komme nicht weiter. Natürlich sind immer die Ehefrauen die letzten, die etwas erfahren. Und ich war ja eine Art Ehefrau für ihn. Herauszufinden, mit wem er sich davongemacht hat, ist nicht wirklich wichtig für mich, ich bin nicht einmal mehr eifersüchtig, nach dem, was er getan hat. Auch weil ich felsenfest überzeugt bin, daß er weder mit Evelina noch mit irgendeiner anderen zusammenbleiben wird. Paolo ist wie ein flatternder Schmetterling, nicht zu greifen, ohne Substanz und ohne Format. Wenn man glaubt, seine Hand zu halten, sie zu umklammern, preßt man in Wirklichkeit nichts als Luft. Er steht da, gesittet, zuvorkommend, als wäre er aus Fleisch und Blut, doch es ist ein Trugbild.

Mir gegenüber hat er das Höchstmaß an »Schwundeffekt« erreicht: Nach beinahe vier Jahren Beziehung und im Begriff, mit mir zusammenzuleben, hat er sich von einem Tag auf den anderen, ohne ein Wort, ohne eine Geste aus dem Staub gemacht, wie mit dem Zauberstab: Simsalabim, und weg ist er. Der Dialog zwischen uns wurde unterbrochen, der Satz nicht zu Ende gesprochen. Er hatte sogar beschlossen, ein Haus zu kaufen. Wenn es nicht bloß ein Manöver war, um mich bei Laune zu halten, mich glauben zu lassen, daß alles so lief, wie ich es wünschte. Daß ich ungeduldig war, das wußte er, oder er konnte es sich zumindest vorstellen. Ich bin nicht mehr die Jüngste und hätte gerne ein Kind, und sehr viel länger kann ich damit nicht warten. Diese gemeinsamen Jahre hätten doch als Probezeit für meine Eignung als Ehegattin ausreichen müssen.

Ich gebe ja zu, daß ich ihn mehrfach gebeten habe, zu mir zu ziehen. Wir hatten lange genug das turtelnde Verlobtenpaar gespielt. Selbstverständlich habe ich nicht insistiert, habe nicht gebohrt, habe immer eine legere, keineswegs obsessive Haltung an den Tag gelegt. Anfangs, das ist ganz normal, hat Paolo sich gewunden wie ein Aal und behauptet, er sei nicht in der Lage, mir ein Leben zu bieten, wie er es gern täte und ich es verdiente. Zumindest nicht in diesem Moment. Doch das – so habe ich ihm erklärt – ist für mich noch nie ein Problem gewesen, denn ich bin durchaus in der Lage, mir den Lebensstil, den ich verdiente und verdiene, allein zu ermöglichen. Eventuell würde ich sogar etwas beisteuern, wie ich es in anderen Fällen auch getan habe, damit er dieselben Chancen hätte.

Er schien überzeugt, erleichtert, so daß er nach anfänglichem Zögern sogar mit dem Umzug zu mir einverstanden war, auch wenn er eine Ewigkeit brauchte, diese Entscheidung zu treffen. Darauf ist er im Schneckentempo die Sache angegangen: an einem Tag kam er mit einem kleinen Bild, am nächsten mit einem Bettvorleger, am dritten mit einer Tüte voller Küchenlappen, mit fünf oder sechs Besen. Das war natürlich eine Taktik, aber sie war naiv, kindisch und rührte mich fast.

Nur als die Situation endgültig an einem toten Punkt angelangt zu sein schien und das unregelmäßige Eintreffen der Umzugskartons völlig aufhörte, habe ich ihn gestreßt und entnervt gebeten, mich zu heiraten. Nach so langer Zeit und in meinem Alter glaubte ich, in gewissem Sinne ein Recht darauf zu haben. Außerdem ist auch er kein junger Bursche mehr, sondern ein selbständiger Mann mit einer Arbeit, mit Verantwortung: Wie lange wollte er denn noch warten?

»Ich möchte, daß du mich heiratest«, habe ich ihm in ruhigem, sanftem Ton gesagt, ohne irgendeine Erregung oder Emphase, genauso wie ich zu ihm sagen würde: »Du müßtest noch Brot kaufen gehen, wir haben keins mehr.«

Und was hat Paolo erwidert? Er hat nicht gesagt: »Tatsächlich, du willst mich heiraten?«, auch nicht: »Ich wollte dich eigentlich darum bitten«, und noch viel weniger: »Ja, schon seit langem habe ich mir das gewünscht«, wie es jede Frau gern hören würde. Es kam nur ein knappes, ausdrucksloses, blasses: »Ist in Ordnung«, nicht mehr und nicht weniger. Genauso hätte seine Antwort gelautet, wenn ich ihn zum Brotholen geschickt hätte.

Ich war sprachlos, aber mich juckte es in den Fingern, ihn zu schütteln, die Frage zu wiederholen, um eine andere, weniger trockene und unpersönliche Antwort zu kriegen. »Ist gut«, das sagt man zum Feinkosthändler, wenn eine Käsesorte ausgegangen ist und er eine andere anbietet, oder zum Arzt, der eine bestimmte Tablette gegen Kopfschmerzen empfiehlt, zum Tankwart, der zum Ölwechsel rät, aber nicht zu einer Frau, die man angeblich seit vier Jahren liebt.

›Ist gut.‹ Es klingt mir noch im Ohr, unvergessen ist das fahle – und das lieblose, liegt mir noch auf der Zunge – Sätzchen. Er war resigniert, gelangweilt, genau das war er, während er aufgeregt, heiter, lächelnd, vertrauenerweckend hätte sein müssen. Und auch ein wenig dankbar, weil ich ihm zuvorgekommen war, ihm die Last der Entscheidung abgenommen hatte. Er hätte natürlich auch sagen können, nein, um Himmels willen, ich traue mir das nicht zu, er hätte mich auch bitten können, noch zu warten, etwas Geduld zu haben, oder er hätte klarstellen können, daß der bloße Gedanke ans Heiraten ihm Entsetzen einflößte, daß er nichts davon wissen wollte, daß er für die Ehe nicht taugte, daß ihm seine Familie vollauf reichte. Aber er sagte kein Wort.

Paolo hatte mir immer zu verstehen gegeben, und nicht zwischen den Zeilen, daß er mit mir zusammenleben wollte, daß er mich brauchte und ich gut für ihn war, besser als alle anderen. Mir schien, die Heirat wäre die logische Konsequenz unserer friedlichen Verbindung, des harmonischen und starken Einverständnisses, das zwischen uns herrschte. Ich war überzeugt, daß er nicht sehr viel anders dachte als ich.

Ich hatte ein Recht, auf die Heirat zu pochen, behaupte ich mit Nachdruck. Wir sind ja keine Zwanzig mehr und kennen uns nicht erst seit gestern, wir leben nicht bei Mama und Papa. Ich bin der Ansicht, daß Paolo mir das schuldig war. Er hat es sich viel zu einfach gemacht und hat, nur um mich bei Laune zu halten, einen vorgetäuschten Umzug in Szene gesetzt und an einem Tag einen Koffer, eine Woche später einen Stapel Dokumente, in der nächsten einen Kunstdruck für die Wand überm Bett hergebracht. Viel zu leicht hat er es sich gemacht – nur so zu tun, als zöge er gemächlich, nervtötend langsam um und ließe sich unter meinem Dach, in meinem schönen Haus, inmitten meiner hübschen Dinge nieder. Und womöglich auch noch auf meine Kosten.

Eine Ehe, das wäre einfach etwas anderes gewesen, großzügiger, so wie er eigentlich ist oder wie er mich hat glauben lassen wollen, daß er es sei. Für einen Ehemann wäre ich bereit gewesen, mal ein Hemd zu bügeln, für einen Liebhaber nicht, jedenfalls nicht auf Dauer. Ich komme einfach nicht dagegen an. Aus Konventionen und auch aus dem Stück Papier mache ich mir nichts, aber ich wollte einfach, daß Paolo bereit wäre, mich zu heiraten, und daß er das auch gern, mit Freude, wenn nicht gar mit Begeisterung getan hätte.

Dieses fade »Ist gut« hat mich total blockiert, und ich wagte nicht, das Thema erneut anzuschneiden. »Ich habe dir doch gesagt, es geht in Ordnung, aber ich wußte nicht, daß es dir so wichtig ist«, entgegnete er hastig, als ich es einmal fertigbrachte, ihn wieder darauf anzusprechen. Weiter fügte er nichts hinzu, und meine Worte waren ein Monolog, auf den nur Schweigen folgte. Und der Monolog besagte das, was er natürlich seit einem Weilchen wußte: daß ich heiraten wollte, weil ich nach so langer Zeit eine konkrete Geste seiner Liebe brauchte, von der er ständig sprach, und weil ich mir ein Kind wünschte, und das angesichts meines Alters, unseres Alters, recht bald.

In Wirklichkeit habe ich eine Engelsgeduld bewiesen. Er muß eben nachdenken, sagte ich mir; er braucht Zeit, um sich an den Gedanken, Vater zu werden, zu gewöhnen, denn er würde nach und nach aufhören, selbst immer und ausschließlich die Rolle des Sohns zu spielen. Diese Idee muß in ihm reifen, Gestalt annehmen. Es wird eine Verantwortung sein, die ihm hilft zu wachsen und die aus ihm einen noch besseren Mann machen wird. Ich muß einfach noch ein wenig Geduld haben. Doch dann ist Paolo verschwunden, und nichts von alledem ist geschehen. Die Geduld hat nichts eingebracht, er ist nicht reifer geworden, zumindest nicht für mich. Und die Kinder, die er mit mir hätte kriegen sollen, die wird er vielleicht mit einer anderen haben.

Er hat mich auf den Arm genommen, er hat mich hintergangen. Er hat sich nach einem Haus umgesehen, da er mit mir einig war, daß meine Wohnung für zwei, aber nicht für drei groß genug wäre. Es war keine übermäßige Eile angesagt, man hätte es auch noch um ein Jahr verschieben können, dann aber hätten wir ein weiteres Zimmer und ein zweites Bad gebraucht, wenn wir mit dem Kind unsere Bequemlichkeit hätten behalten wollen.

Ich freute mich also über den Eifer, den er an den Tag legte, um ein neues Haus zu finden, was ganz im Gegensatz zu den lahmenden Umzugsvorbereitungen stand. Ich dachte, mehr als die nichtssagenden, enttäuschenden oder fehlenden Worte wäre das die Antwort auf meinen berechtigten Wunsch.

In Wirklichkeit war es nur ein Schachzug von ihm, mein Tempo zu bremsen und in der Zwischenzeit heimlich sein eigenes Leben zu organisieren.

Ich fühle mich verletzt, erniedrigt, und mein Groll wächst. Jetzt habe ich eine Antwort auf die verschiedenen Fragen, über die ich mir in den letzten Monaten den Kopf zerbrochen habe. Sein Geld hat er natürlich zusammen mit der anderen, für die andere, mitgenommen. Aus dem Grund war so gut wie nichts mehr auf seinem Konto, und die paar Kröten, mit denen er noch im Haben stand, sollten uns hinters Licht führen und uns glauben machen, daß er einen möglicherweise tödlichen Unfall hatte. Und an jenen berühmten Abenden, wenn er so tat, als ginge er zu diesen imaginären Freunden nach Hause, traf er sich ganz klar mit ihr, bei ihr zu Hause; nur hatte ich das nicht kapiert. Er sagte, daß ich da nicht hinpaßte. Das glaube ich wohl: Was hätte mich schon mit so einer wie Evelina verbinden können? Über Monate und Jahre hat er ein Doppelleben geführt. Er hat erst verschwinden müssen, bevor mir die Augen aufgingen. Nicht von ungefähr haben mich die Polizeibeamten vom ersten Tag an mit einer Mischung aus Ungläubigkeit und Mitleid behandelt. Die wollten einfach nicht glauben, daß ich nicht imstande war, die Situation zu begreifen, die ihnen offensichtlich von Anfang an klar war.

Die berühmten Geheimnisse, die ich wie ein Mosaik zusammentrug, sind nur melancholische Zeugnisse seines Betrugs. Sie brennen mir auf den Händen, weil sie mich pathetisch sein lassen. Wenn ich nur daran denke, wie ich mir den Kopf zermarterte, um Indizien zu finden: Es wäre besser gewesen, wenn ich nichts gesucht und meinem ersten instinktiven Verdacht Glauben geschenkt hätte. Auch die Momente des Schweigens und die Anfälle von Traurigkeit verstehe ich heute vollkommen; er war schweigsam, weil er mir nichts zu sagen hatte, und traurig, weil er mich aus seinem Leben streichen wollte, ohne mir weh zu tun und vor allem ohne sich selbst das geringste Leid zuzufügen. Und vielleicht bedauerte er es ein wenig, mich zu verlieren. Er weiß sehr wohl, daß ich nicht die Schlechteste bin.

Er hätte natürlich auch etwas sagen können, ja, er hätte die Verpflichtung dazu gehabt. Ein halbes Wort, ach was, ein Viertelwort, auch nur ein Seufzer wäre schon genug gewesen. Wenn es ihm lieber gewesen wäre, hätte er mir auch schreiben können. Es wäre für alle eine würdevollere Angelegenheit gewesen, diese schreckliche Trauerkomödie hätte er uns bei Gott ersparen können. Ohne Fragen zu stellen, ohne eine Träne zu vergießen, hätte ich mich verzogen – Paolo hätte wissen müssen, daß ich ein solcher Typ bin. Natürlich hätte ich geweint, aber nie in seiner Gegenwart. Er durfte nicht denken, daß mir ein Mann gefallen würde, der aus Mitleid an sich hält.

Er hat eine miese, feige Flucht vorgezogen. Außer seinen wenigen Sachen – ein paar Koffern Weißwäsche, einigen Bildchen, zwei Besen, mehreren Bücherkisten, zwei Fingerringen und dem Armband seiner Großmutter – hat er mir auch das Abbild einer duckmäuserischen und unaufrichtigen Person hinterlassen. Im Vergleich dazu werden die alten Koffer, die reizenden Bilder und die Kleinmädchenringe, die mich zuerst nicht großartig beeindruckt haben, beinahe wertvoll.

Ich hätte alles verstanden – seine Sorgen, seine Ängste, seine Unentschlossenheit, wenn er ehrlich und freundlich mit mir gesprochen hätte. Gewiß, Evelina hätte ich nicht leicht verkraftet, aber ich hätte keine andere Wahl gehabt. Wenn Paolo mir vom ersten Moment an von der Existenz der anderen erzählt hätte, anstatt mich für wer weiß wie lange zu betrügen, hätte ich wahrscheinlich meine Fehler einsehen, sie eventuell wiedergutmachen und von vorn anfangen können. Oder ich hätte es gleich bleiben lassen, hätte das Feld geräumt und damit alle, einschließlich ihn, vor diesem beängstigenden, wenig glorreichen Ende bewahren können.

Was wird diese Evelina bloß an sich haben, was ich nicht habe? Warum ist er mit ihr und nicht mit mir abgehauen? Nur weil sie rund fünfzehn Jahre jünger sein mag als ich? Je öfter ich daran denke, desto mehr habe ich das Gefühl, vor Haß, vor Wut über Paolos Mittelmäßigkeit ersticken zu müssen. Und ich könnte wetten, daß er Evelina bald heiraten wird, sehr bald sogar, aber ich hoffe, nie davon zu erfahren. Ich will nur unterrichtet werden, wenn er sie verläßt. Oder wenn sie mit einem anderen durchgebrannt ist.

Wer weiß, warum ausgerechnet ich mir den Wunsch zu heiraten hätte versagen sollen. Wenn ich mit Paolo darüber sprach, meinte er immer: »Du bist eine berufstätige Frau, eine Karrierefrau, eine Frau, die ihre Unabhängigkeit braucht, was willst du mehr?« Ich habe all diese Seiten, das stimmt, ich arbeite, verdiene gutes Geld, ich kann tun, was ich will, gehen, wohin ich will, ich brauche vor keinem Rechenschaft abzulegen. Ja und? Sollte ich vielleicht aus diesem Grund das ganze Leben ohne Familie, ohne Kinder verbringen? »Du bist eine starke Frau, du hast eine Kämpfernatur«, sagte er außerdem, »du brauchst niemanden«, und ich erinnere mich, daß mir seine Worte im Grunde nicht mißfielen. »Du brauchst nicht einmal mich«, fügte er einmal in einem merkwürdigen Ton hinzu. War er traurig? Ja, er war traurig, zugleich aber auch gelassen, vielleicht erleichtert. Ich erinnere mich noch deutlich an diesen besonderen Ton in seiner Stimme und kann ihn heute vielleicht besser deuten: Nach außen hin stimmte meine Unabhängigkeit ihn traurig, im Grunde seines Herzens aber freute er sich darüber.

Er sieht mich anders als die Masse, wiederholte ich zufrieden, ohne zu begreifen, daß er mich aus diesem Grund mehr oder weniger zur Kategorie seiner männlichen Freunde zählte. Infolgedessen war er der Ansicht, daß ich nicht all diese Aufmerksamkeiten und Zuwendungen brauchte, die Frauen, die *anderen Frauen*, verlangen. In seiner Vorstellung pflegte ich viel zu viele Interessen, als daß ich den Wunsch haben dürfte zu heiraten; die Arbeit hatte mich viel zu sehr gepackt, als daß ich verlangen dürfte, auch noch Kinder in die Welt zu setzen; ich war viel zu selbständig, als daß ich das Spielchen vom trauten Heim spielen wollte.

Und dann kommt die erste Evelina daher, dick geschminkt, mit hautengen schwarzen Klamotten, die nichts kann und nichts weiß, höchstens daß sie die Liebeskünste beherrscht, und mit einem Schlag entdeckt Paolo, daß sie es ist, die er in Wirklichkeit will, und nicht ich. Nicht die dominierende Frau, sondern die anlehnungsbedürftige, die in allem von ihm abhängt und nicht über den Dingen steht; ein Schmusepüppchen, das nichts im Kopf hat. Gesagt, getan.

Wenn er sich entsprechend verhalten hätte, wäre es sehr viel besser gewesen: Aber nichts da – er hat es erst getan, nachdem er mich, wer weiß wie lange schon, betrogen hat.

Plötzlich hebt sich der Schleier des Geheimnisses, und ich kann alles klar und deutlich erkennen. Wieso bin ich nicht schon früher darauf gekommen? Es war doch nicht so schwierig, ich hätte nur nachdenken müssen.

Evelina erwartet ein Baby. Ein Kind von Paolo, genau in dem Moment, da ich Mut gefaßt und ihm zu verstehen gegeben habe, daß ich eines wollte. Und wie hat er reagiert? Er hat sein Verschwinden inszeniert, die Tür hinter sich zugemacht und ist auf und davon. Mit dem Geld, natürlich, und mit Evelina. So muß es gelaufen sein, anders ist es gar nicht vorstellbar. Ich war die letzte, die das begriffen hat. Ich, die arme, naive Frau mit der großen Intelligenz, die von allen bemitleidet wird, sogar von der Polizei. Oder bin ich die erste gewesen, und die anderen, seine gesamte Familie – Mutter, Bruder, Schwester – und auch seine Freunde tappen nach wie vor im dunkeln?

Ich muß mal bei Livio nachfragen.

Annamaria

Nichts hat sich in diesen Monaten des Wartens geändert, und ich habe keine Kraft mehr, mir vorzustellen, daß Paolo an einem Ort in weiter Ferne in Sicherheit ist, so fern von der Welt, daß es keinem gelungen ist, auch nur eine Spur von ihm zu entdecken. Von Anfang an habe ich an den Tod gedacht, dann habe ich mich gezwungen, mir etwas anderes vorzustellen, an anderes zu glauben. Doch das massive Schweigen, das er zurückgelassen hat, bringt mich dazu, zu meiner ersten Überlegung zurückzukehren. Dennoch resigniere ich nicht, weil ich nichts begreife; auch kann ich nicht akzeptieren, wenn jemand mir mit aufgesetzter Trösterstimme ins Ohr flüstert: »Zumindest hat er jetzt seinen Frieden«, denn mir sind die Gründe einfach nicht klar, die ihn getrieben haben können, unter allen Umständen, auch zum Preise unseres Friedens, *seinen* Frieden zu wollen. Und im übrigen, welchen Krieg hatte er denn gekämpft?

Mangelnde Aufmerksamkeit, kleine kindische Grausamkeiten und eine Gleichgültigkeit im Erwachsenenalter, das ist alles, was ich mir, was ich uns vorwerfen kann. Obwohl mich die Gewissensbisse plagen, so muß ich doch sagen, daß diese kleinen Schikanen im Höchstfall ausreichen, eine normale, vernünftige, ausgeglichene Person in schlechte Laune zu versetzen.

Als Kinder schliefen wir im selben Zimmer, Paolo und ich; er war vier oder fünf Jahre alt, ich neun oder zehn, und ich fühlte mich schon groß und zu Unrecht ins Zimmer eines Kleinen im Kindergartenalter verbannt. Er fürchtete sich vor der Dunkelheit, mein Bruder, er hatte Angst, wenn es gewitterte; der alte Fußboden knarrte, auch bei starkem Wind oder absoluter Stille. Er behauptete, Wölfe vor der Tür zu hören oder Schlangen, die durchs Zimmer krochen, und er flehte mich flüsternd an, in mein Bett kommen zu dürfen. Ja, sagte ich, komm ruhig, und er klammerte sich an mich. Viele Male habe ich ja gesagt, auch wenn er mich mitten in der Nacht weckte, auch wenn das Bett langsam für zwei zu eng wurde und ich nur schwer wieder einschlafen konnte. Einmal, ich erinnere mich nicht mehr genau an den Grund – vielleicht war ich zu müde, vielleicht war es auch nur zu warm oder ich wollte einfach meine Ruhe haben, wies ich ihn gereizt ab: »Nein, bitte nicht«, und er verstummte sofort wie ein verschrecktes Tierchen, das sich verkriecht, und er fragte nie mehr wieder, ob er in mein Bett schlüpfen dürfte.

Als ich dann groß war, kam mir jedesmal, wenn ich

ihn in Schwierigkeiten sah, meine damalige kleine Bosheit als hochmütiges oder vielleicht eifersüchtiges Mädchen in den Sinn. Doch ich habe ihm noch nie gebeichtet, daß ich jedesmal einen Stich verspüre, wenn ich daran denke: Ich bildete mir ein, daß er sich nicht daran erinnern oder jedenfalls lachen und mich wegen meiner Gewissensbisse, meiner verspäteten Reue auf den Arm nehmen würde. Jetzt, da Paolo nicht mehr da ist, erscheint mir diese sinnlose kleine Grausamkeit in ferner Vergangenheit als riesengroß und unverzeihlich.

Jahre später lieferte ich ihm noch einmal einen Beweis meiner Herzlosigkeit. Wir waren einen Monat lang zusammen in einer Sommerschule im Ausland; dort bat ich die Leiterin, die uns anfangs dasselbe Zimmer zugewiesen hatte, mir ein anderes zu geben. Ich wollte mit einer Freundin zusammen untergebracht sein, ohne einen kleinen Bruder am Rockzipfel zu haben; ich wollte über die Dinge von Erwachsenen reden, spät ins Bett gehen, Zigaretten rauchen, mich vom langen Arm der mütterlichen Kontrolle befreit fühlen. Paolo war mit mir zusammen zur Direktorin gekommen – er wird damals acht oder neun Jahre alt gewesen sein – und hörte schweigend zu. Ich weiß jedoch, welch ein Schlag das für ihn war, wie sehr mein Austricksen ihn traurig machte. Er hing an mir, folgte mir auf Schritt und Tritt, und ein paarmal fragte er mit schüchterner Bettelstimme, ob wir nicht zu dritt, ich, er und meine Freundin, in einem Zimmer schlafen könnten. Aber rasch hatte ich eine Ausrede erfunden: »Das geht nicht. Die Direktorin will das nicht.«

Ich verabscheue mich wegen meines kaltherzigen Verhaltens von damals. Was hatte ich mit dreizehn schon zu bequatschen, was er nicht hätte hören dürfen? Was für ein grausames kleines Miststück war ich doch. Ich hatte mir nicht einmal ein Herz genommen, um mich Paolo gegenüber zu erklären, ihm zu sagen, daß ich seinerzeit nur etwas eifersüchtig und auch voller Angst war. Wenn ich bedenke, daß ich stolz auf mich, meine Selbständigkeit und Unabhängigkeit war und Genugtuung empfand, meinem Bruder gezeigt zu haben, daß er außer Haus nicht mehr Mamas Liebling war.

Ich weiß, daß keiner wegen dieser kindischen Missetaten Anklage gegen mich erheben könnte, daß nichts davon in Rechnung gestellt würde, suchte man nach den Ursachen der Verzweiflung meines Bruders. Doch wenn man sich meine Fehler, fein säuberlich aufeinandergestapelt, vorstellt und zu denen der anderen hinzufügt, was dann? Meine sind gewiß die schwerwiegendsten, denn ich bin seine Schwester, die Person also, der er am meisten vertraute, die ihn, wie er glaubte, niemals verraten würde.

Als Verrat könnte er auch die Geschichte mit dem Schreibtisch empfunden haben. Doch das war kein Verrat, sondern eine simple Frage der Gerechtigkeit. Den Grund konnte ich ihm nicht offenbaren, denn so etwas sagt man sich nicht unter Geschwistern – man kennt ihn einfach und verhält sich dementsprechend, ohne Worte zu verschwenden. Wahrscheinlich kannte Paolo den Grund, oder zumindest ahnte er etwas. Und wenn er tatsächlich im dunkeln tappte, hätte die Tatsache, daß ich den Schreibtisch wollte – ich, die ich nie auch nur einen Kaffeelöffel, der mir nicht zusteht, einfordere –, ihn auf die richtige Spur bringen, ihm die Augen öffnen, ihm den Grund verständlich machen müssen, weshalb mein Anspruch vollkommen gerechtfertigt war. Ansonsten hätte ich ihn nicht gestellt.

Um es klar zu sagen: Wenn ich keinen Bedarf gehabt hätte, dann hätte ich ihm den Schreibtisch natürlich gelassen, das versteht sich von selbst. Aber ich habe zwei Kinder zu ernähren, und wenn ich arbeiten ginge, wer würde sich dann um sie, um das Haus und um die Mama kümmern? Das wußte Paolo, und manchmal hat er auch versucht, mir unter die Arme zu greifen. Doch ich hatte keine Lust, Almosen zu empfangen. Für die Kinder muß ich täglich etwas zum Essen auf den Tisch bringen, außerdem werden sie größer und brauchen nicht nur Nahrung und Kleidung. Und sie – und auch ich – können nicht unter einem gewissen Niveau leben. Kämen wir aus einer x-beliebigen Familie, wäre das nicht so wichtig. So aber muß ich, meiner Herkunft entsprechend, einen gewissen Lebensstil wahren.

Besser wäre es gewesen, wenn ich dieses Möbel schon vor Jahren an mich genommen hätte, noch bevor Paolo es als seines betrachtete und es bei sich zu Hause aufstellte. Tatsache ist aber, daß ich es damals nicht brauchte und es mir leisten konnte, freigebiger zu sein als heute. Erst danach sind die Schwierigkeiten eingetreten, derentwegen ich die ganze Nacht wach liege und Gedanken über die Zukunft der Kinder wälze. Lange habe ich gezögert, bis ich mich vorgewagt habe. Ich habe andere Lösungen in Betracht gezogen, doch schlußendlich glaube ich nicht, daß ich etwas falsch gemacht habe, indem ich mich so verhielt, wie ich es getan habe.

Der Schreibtisch wird uns die Möglichkeit geben, eine Zeitlang sorgloser zu leben, nicht ständig rechnen zu müssen, ob wir uns eine Ausgabe leisten können oder nicht. Ich werde ihn baldmöglichst verkaufen, ich habe ihn schon schätzen lassen, aber ich ziehe es vor, daß es keiner erfährt, weil ich nicht wie die personifizierte Habgier dastehen will. In gewisser Weise bin ich froh, nicht mit eigenen Augen die Möbelträger gesehen zu haben, die in Paolos Wohnung gegangen sind, um den Schreibtisch zu verpacken und wegzubringen.

Mit erzwungener Lockerheit erzähle ich jetzt von dem Schreibtisch, wie sich alles zugetragen hat, doch in Wirklichkeit – obgleich ich überzeugt bin, angemessen gehandelt zu haben – läßt mir ein Gedanke keine Ruhe: Wenn Paolo nämlich die Bedeutung meiner Forderung mißverstanden hat, was dann? Wenn er die gesamte Angelegenheit als einen einzigen Übergriff, eine Anmaßung, eine niederträchtige Gewissenlosigkeit betrachtet? Die Mama wußte, was ich meinte, als ich sagte, der Schreibtisch stehe ihm nicht zu. Und sie hatte nichts gegen meine Initiative einzuwenden, schlichtweg weil es keine Einwände gab. Wie ist es nur möglich, daß er, ihr Herzprinz, nichts wußte, nicht unterrichtet war?

Wenn ich an seine leere Wohnung denke, aus der auch der geliebte Schreibtisch verschwunden ist, überkommt mich große Besorgnis. Ehrlich gesagt, denke ich nicht, daß ich ihm den Gnadenstoß verpaßt habe, doch hätte ich die Sache um ein paar Monate verschoben, dann hätte ich den Schreibtisch einfach wegschaffen können, ohne meinem Bruder neuen Kummer zu bereiten.

Das ist jetzt mein Gewissensbiß. Wie gern würde ich meine Handlungen rückgängig machen, von vorn anfangen, mit ihm reden, ihm erklären, damit wir uns verstehen. Unsere schlechte Angewohnheit – die ich, er, wir alle haben –, über die wichtigen Dinge zu schweigen, die Worte, die zählen, für uns zu behalten, sie unter keinen Umständen auszuspucken, selbst wenn wir an ihnen zu ersticken drohen: Es sind Themen, über die wir hinweggegangen sind, die wir unter den Teppich gekehrt haben, um unsere Ruhe zu haben, um uns keine Unannehmlichkeiten einzuhandeln, uns nicht zu exponieren, uns nicht die Finger zu verbrennen. Alle Probleme, alle Grundsatzfragen wurden durch zu viele Worte verwässert, in der netten, leichten, oberflächlichen Konversation ertränkt. Von klein auf haben wir gelernt, stumm zu sein, auch wenn wir den Mund aufmachen und pausenlos reden.

Ein einziges Mal hätte ich tatsächlich schweigen sollen, aber ich habe den Fehler begangen, den Mund aufzumachen.

Ich hatte ein Telefonat von Beatrice mitgekriegt, als sie zusammen mit Paolo für ein paar Tage bei uns zu Haue Urlaub machte. Ich war im Zimmer nebenan und hatte selbstverständlich nicht die Absicht, sie zu belauschen; ich war am Fenster, das auf den Garten hinausgeht. Ich stand einfach da und schaute hinaus, wie ich es gern tue. Ich weiß nicht, mit wem sie redete, und hörte auch den Anfang des Wortwechsels nicht, denn in Gedanken war ich Tausende Kilometer weit weg. Ich kann auch nicht behaupten, jede Passage des Gesprächs begriffen zu haben, denn Beatrice ging im Zimmer auf und ab, so daß ihre Stimme einmal aus der Nähe ertönte, dann wieder fast nicht zu vernehmen war. Und auch weil es, ehrlich gesagt, nicht mein Stil ist, lange Ohren zu machen, wenn sich andere Leute unterhalten. Doch etwas, ein paar Worte, einige Gesprächsfetzen, nahm ich auf, ob ich wollte oder nicht.

Sie redete über Möbel, meine zukünftige Schwägerin, über *unsere* Möbel, wie ich nach einer Weile begriff. Über unsere Bilder – die schönen Stilleben im Eßzimmer –, über die zwei kleinen Ablagetische auf den Treppenabsätzen, die Wohnzimmerkommoden, die Truhen in der Diele, den mit Intarsien verzierten Kleiderschrank im Schlafzimmer unserer Mutter. Also von unseren wertvollsten Stücken redete sie.

Ich wußte bereits, daß Beatrice ein gutes Auge für Wertobjekte hat. Zufällig hatte ich beobachtet, wie sie stehenblieb und den einen oder anderen Tisch, einen Bilderrahmen, einen Stuhl oder ein Schreibpult prüfend ansah, hie und da über die Oberflächen strich, ohne aufzufallen, Formen und Einzelheiten fixierte. Sie konnte dann jeden Moment in Bewunderungsrufe für »die ausgezeichnete Arbeit« ausbrechen, wenn jemand sie beim Begutachten überraschte.

Bis in alle Einzelheiten schilderte sie ihrem Gesprächspartner unsere guten Stücke. Mich überraschte ihr Fachwissen, denn Paolo hatte erzählt, daß ihre gesamte Wohnungseinrichtung modern war.

Aufgrund der Terminologie, die sie gebrauchte, hatte ich den Eindruck, daß sie mit einem Fachmann auf diesem Gebiet sprach, mit jemandem, der präzise und passende Fragen stellte.

Ich zog auch die Möglichkeit in Betracht, daß sie nur mit einem Freund oder einer Freundin telefonierte, der oder die einfach nur Antiquitätenliebhaber war und sich aus reiner Neugier für unser Haus, unseren Geschmack, unsere Vermögenssituation interessierte. Mir kam das dennoch wenig wahrscheinlich vor, denn Beatrice lieferte ausführliche Wertbegutachtungen für jedes einzelne Möbelstück, jedes Bild. Sie erklärte Stilrichtungen, Epochen und wie gut die Stücke erhalten waren. Sie hatte einen professionellen Tonfall, wie jemand, der in einem Geschäft oder auf einer Verkaufsausstellung einem potentiellen Käufer, der ihr den Auftrag erteilt hat, den Markt zu erforschen, einen Lagebericht gibt. Deshalb dachte ich an einen Antiquitätenhändler, einen Galeriebesitzer. Oder im Hinblick auf eine Erbschaftsangelegenheit auch an einen Rechtsanwalt.

Reglos stand ich da, bestürzt, peinlich berührt, wie hypnotisiert von der Unterredung, die vom Nebenzimmer durch das offenstehende Fenster in mein Zimmer kam. Was soll ich sagen? Es war einfach stärker als ich, und ich brachte es nicht fertig, Fenster und Ohren zu verschließen und mich so schnell wie möglich von meinem Standort zu entfernen. Wonach sucht diese Frau eigentlich? Wieso steckt sie ihre Nase in unsere Geldangelegenheiten? An wen verkauft sie uns gerade? Ich erinnere mich, daß ich mich das fragte und nichts mehr begriff. Eine leichte Übelkeit hatte mich befallen.

Ich habe noch nie etwas gegen Beatrice gehabt, ich weiß, daß sie die Richtige für meinen Bruder wäre, vorausgesetzt, daß sie ihn wirklich liebt. Vom ersten Tag an habe ich sie geschätzt, auch bewundert, und ich kann behaupten, daß es uns, wenngleich aus einer gewissen Distanz heraus, im Laufe der Zeit gelungen ist, einander recht gut zu verstehen. Es stimmt, daß sie mich mit einem Hauch von Vorsicht und Ängstlichkeit behandelte, aber das war ein wenig auch meine Haltung: was schließlich zwischen zwei Beinahe-Schwägerinnen auch wieder normal ist. Seit damals hatte ich jedoch das Gefühl, daß sie in gewisser Weise Paolo, überhaupt unserer ganzen Familie, gefährlich werden könnte.

Deshalb versuchte ich, ihn zu warnen. Und es war für mich nicht leicht, die passenden Worte zu finden, da mir die Bedeutung dessen, was ich gehört hatte, nicht völlig klar war.

»Du mußt dich vor Beatrice in acht nehmen«, sagte ich.

»Vor Beatrice? Wieso das?«

»Sie benimmt sich seltsam. Sie interessiert sich viel zu sehr für dieses Haus.«

»Ist das in deinen Augen etwas Schlechtes?«

»Ich meine, sie interessiert sich für die Möbel, die Gemälde ...«

»Sie gefallen ihr, soweit ich weiß. Ich freue mich, daß sie ihr gefallen.«

»Sie beschreibt sie bis in alle Einzelheiten einer bestimmten Person.«

»Wem?«

»Ich weiß es nicht. Ich habe ein Telefongespräch mitgehört. Sie redete über unsere Bilder und unsere Möbel, stellte sogar Schätzungen an.«

»Ich weiß, daß sie jeden Tag ihre Mutter anruft. Wahrscheinlich war ihr der Gesprächsstoff ausgegangen.«

»Ich wußte nicht, daß ihre Mutter mit Antiquitäten handelt. Sie sprach mit einem Antiquitätenhändler, Paolo, ich könnte es schwören.«

»Erklärst du mir jetzt, woran du denkst?«

»Ich möchte nicht, daß sie eines Nachts, wenn die Mama schläft, mit einem LKW ankommt und all die schönen Sachen, die uns noch geblieben sind, wegschafft.«

»Du bist verrückt.«

»Nein, ich habe nur Angst, Angst um die Mama, um uns, auch um dich.«

Er sagte noch einmal, daß ich nicht bei Sinnen wäre, und wollte nichts weiter hören, aber dann schrieb er mir einen seltsamen Brief; formal und streng war er, wie aus der Feder eines gekränkten alten Herrn. Darin bat er mich, Beatrice in Ruhe zu lassen und keine falschen Szenarien heraufzubeschwören. Er schrieb, daß zwischen ihnen beiden ein grenzenloses Vertrauen existiere und ich ihr mit meinen Unterstellungen ein großes Unrecht tue. Es schmerze ihn, mir auf diese Weise schreiben zu müssen, aber er könne es nicht zulassen, daß ich über seine zukünftige Gattin solche Zweifel nähre.

Es war ein rhetorischer Brief voller Ausdrücke, die nicht von Paolo stammten; er war unter Diktat geschrieben, das war offensichtlich, und das besagte ja so einiges darüber, wie Beatrice ihn in ihrer Macht hielt und je nach Laune um den Finger wickelte. Ich antwortete ihm nicht, behielt alles für mich, nicht im Traum würde ich noch einmal auf dieses Thema zurückkommen, doch etwas war zwischen uns in die Brüche gegangen. Allein, ohne Beatrice, habe ich ihn praktisch nie mehr wieder gesehen, und ich hatte das Gefühl, daß er sie als Schutzschild gegen mich, gegen meine seltsamen – wie er sie in einem Brief definiert hatte – Hirngespinste gebrauchte, um zu verhindern, daß ich sie noch einmal anklagte.

Natürlich weiß ich heute, daß ich ihn sinnlos verletzt habe, ihn wegen nichts gequält habe. Kein Lastwagen ist jemals des Nachts gekommen, um das Haus auszuräumen, und kein Antiquitätenhändler hat sich je gemeldet, um der Mama Möbel und Bilder zu Niedrigpreisen abzunötigen. Zumindest bis jetzt nicht. Und auch Anwälte für Erbschaftsangelegenheiten haben sich nicht blicken lassen. Ich muß mich getäuscht haben. Wahrscheinlich war am anderen Ende der Telefonleitung eine aufdringliche Mutter, eine, die nie aufgibt, eine, die haargenau wissen will, wie es um die Vermögensaussichten des zukünftigen Schwiegersohns bestellt ist.

Mama

Er war zur Firmung von Fabrizio gekommen und einige Tage geblieben. Ich kannte ihn seit Jahren, aber erst damals sprachen wir zum erstenmal miteinander: Eines Abends redeten wir bis tief in die Nacht hinein, über nichts Besonderes, Geplauder, Meinungsaustausch, mehr oder weniger aus der Lust heraus – das war überraschend –, einander zuzuhören, den anderen zu entdecken. Ein wenig auch, um uns anzuschauen.

Dreißig Jahre sind vergangen, doch mir kommt es so vor, als wäre es erst gestern gewesen. Jener Abend, meine ich, und wir beide sind wach in der Frühlingsfrische, während das Haus ringsum still ruht. Plötzlich wird es frisch, aber ich habe keine Lust aufzustehen und mir einen Pullover zu holen, ich habe nämlich Angst, den Gesprächsfaden abreißen zu lassen, der uns so friedlich verbindet. Ich hätte es lieber, daß er die Kälte spürt und vielleicht das Sofa mir gegenüber verläßt, um sich neben mich zu setzen. Aber er tut es nicht. So bleibe ich mit meinem Wunsch allein, der immer heftiger wird; wie es sich bei ihm verhält, weiß ich nicht. Ich merke ihm jedoch keine Spur von Müdigkeit an, er erzählt munter weiter, mit seiner ruhigen Stimme und seinem gedehnten Tonfall, der den Eindruck erweckt, er habe jedes Wort auf die Goldwaage gelegt.

Außerordentlich lebendig und nah ist mir die Erinnerung, als wäre nicht schon eine Ewigkeit vergangen und als spürte mein Geist noch nicht das nahende Alter. Auch meine Gefühle von damals sind noch lebendig, als ähnelte ich nicht längst einem vertrockneten Stück Holz, als könnte ich noch dieselbe strahlende Frau sein, die an jenem rauhen Abend dasitzt und stundenlang plaudert.

Doch all das ist eine Täuschung, eine Irreführung, denn schaue ich mich jetzt an, grau im Gesicht mit trüben Augen, glanzlosem Haar, den knochigen, nur schlecht von den Kleidern verhüllten Formen, kann ich einfach nicht glauben, daß jemand bis in die späte Nacht hinein wach geblieben ist, um mich anzuschauen und mir zuzuhören: vor tausend Jahren vielleicht, aber nicht erst gestern oder vorgestern, wie meine Empfindung es mir immer noch hartnäckig und leidenschaftlich eingibt.

Noch irrealer erscheint es mir – wenn ich meinen Körper sehe, der längst nicht mehr von einer anderen Hand berührt wird –, daß mich jemand einige Monate nach der Firmungsfeier nackt in seinem Bett hat an sich pressen wollen. Wie kann ausgerechnet ich, die ich gegen Ischias und Rückenschmerzen ankämpfe, weich, geschmeidig, mit Hingabe seine Glieder umschlungen haben? Wie kann ich mit zarter, sanfter Hand Zentimeter um Zentimeter seiner Haut erkundet haben, wo doch meine Hände heute alles andere als zart und sanft zu nennen sind?

Es ist doch kein Wunder, daß ich schief und häßlich geworden bin, haben sie meinen Körper doch verkommen lassen, weder der eine noch der andere haben sich seiner weiterhin angenommen, sie haben ihn einfach vergessen. Aus welchem Grund hätte ich mich um ihn sorgen sollen? Nur für mich allein? Ich habe das getan, was notwendig war, um adrett und ordentlich auszusehen – wie eine Mutter und später würdevoll wie eine Großmutter; nichts weiter, zumindest nicht, nachdem ich mich meinem Schicksal ergeben hatte. Und keiner hat je gefragt, ob ich tatsächlich nur das sein wollte, was ich geworden bin, nämlich eine ordentliche Mutter, eine würdevolle Großmutter.

Jahrelang habe ich gedacht, daß es noch etwas anderes gäbe, daß noch etwas kommen müßte: keine dummen Abenteuer, Zufallsbekanntschaften, Ablenkungen, unbedeutendes Geplänkel, sondern etwas völlig anderes, was mir noch zustand, worauf ich gewartet hatte, ohne zu wissen, was es war. Als müßte das Leben noch einen anderen Abschnitt bereithalten, einen entscheidenden Moment, der jedoch nie eingetroffen ist oder den ich, ohne es zu merken, überschritten habe. Als wäre ich zerstreut an einem Scheideweg angelangt und auf dem falschen Weg weitergegangen, nicht auf dem, den ich eigentlich nehmen wollte.

Dieses andere ist nicht eingetroffen. Ganz allmählich, im Laufe der Jahre, wurde ich mir dessen bewußt. Anfangs war ich wie verwundert, fast beleidigt darüber, dann aber habe ich mich traurig, Stück um Stück, danach gerichtet. Mit einem Wort, ich habe die Leere kommen sehen, am Ende war es nicht einmal mehr eine Überraschung, aber nicht deshalb habe ich die Verzweiflung weniger stark empfunden. Doch ich gehe zu schnell voran: In jenem Frühling stand meine nichtssagende Zukunft ja noch in weiter Ferne.

Ich lud ihn ein, im Sommer wiederzukommen, um ein paar Tage Ferien zu machen, und er nahm die Einladung an, als hätte er geradezu darauf gehofft. Es war ein schöner Sommer, der letzte schöne Sommer meines Lebens. Ich weiß sehr wohl, daß ich einen Fehler gemacht habe, aber ich hatte tatsächlich nichts geplant: gewiß nicht in der Weise, wie Giovanni es sich vorstellte. Unzählige Male habe ich das meinem Ehemann wiederholt, der viele Jahre nicht aufhören wollte, mich anzuklagen. Ich wollte einfach wieder friedlich und ohne Sorgen mit jemandem reden, der offensichtlich Zeit, Lust und vielleicht auch Gefallen daran hatte, mir zuzuhören.

Es geschah fast sofort, das stimmt, und es mochte so aussehen, als wäre es vorbereitet gewesen. Das eines Abends geweckte Verlangen verstärkte sich innerhalb weniger Tage. So heftig wurde es, daß ich den entscheidenden Schritt machte, redete, drängte, beinahe forderte, zumindest am Anfang. Im übrigen war ich verheiratet und hatte Familie, nicht er. Ich habe mich in all den Jahren immer gefragt: Wenn ich nicht den Mund aufgemacht hätte, drängend, fast fordernd, hätte er sich je entschlossen, den ersten Schritt zu tun? Möglicherweise ja. Aber zunächst hätte er mich schmachten lassen, denn seine Verschlossenheit, wer weiß, war nur ein Spielchen, um mich mit desto größerer Sicherheit herumzukriegen und dann mit einem: »Sie war es doch, die wollte« sein Gewissen zu beruhigen.

Es ging den ganzen Monat so, in dem er bei uns war. Hüterin und Vermittlerin unserer Stelldicheins war dieses ein Leben lang geliebte Haus. Hätten wir in einer Wohnung, in einem Häuschen mit dünnen Wänden, ohne Abstellkammern und lauschige Ecken gelebt, wäre es nie geschehen, und ich wäre weiterhin die Angetraute ohne Schimpf und Tadel geblieben. Ohne besonderes Verdienst – wenn die Festigkeit der Prinzipien von der Größe und dem Baujahr eines Hauses abhängt –, aber treu wäre ich jedenfalls geblieben.

Niemals hätte ich mich überreden lassen, mich in einem Hotel zu verstecken – und welches Hotel hätte das denn sein sollen? Hier in der Umgebung gibt es sowieso nur eins, und das wurde damals vom Schwager einer unserer Hausangestellten geleitet. Und um es in einem Auto, auf dem offenen Feld, in einem Garten zu treiben, dazu hätte mir der Mut gefehlt. Aber das große, dunkle Gebäude mit den vielen Nischen, den auf zwei Ebenen verteilten Zimmern lud uns freundlich zum geheimen Spiel ein, an dem wir Geschmack gefunden hatten.

Fielen zwischen uns irgendwelche Worte, verabredeten wir uns? Nichts dergleichen, nur geflüsterte Wortfetzen, damit die neugierigen Kinder, die maliziösen Hausangestellten uns nicht hörten. Aber auch um keine Melancholie aufkommen zu lassen, denn es gab nichts zu reden, es war nichts zu machen; schließlich war ich verheiratet und hatte zwei Kinder. Er war zwar Junggeselle, aber jünger als ich, und vor allem war er ein, wenn auch entfernter, Verwandter von Giovanni. Geflüster also über nichts anderes als über uns in jenen Augenblicken, unsere Gesten und unsere Küsse, über nichts, was eine andere Person, ein anderes Ereignis oder eine andere Gegebenheit betraf. Besonders an die Zukunft zu denken war verboten: nicht einmal übers Wetter von morgen, über das, was wir essen, wen wir sehen würden, wagten wir, Andeutungen zu machen.

Nie zuvor und nie mehr später bin ich so schön gewesen wie damals. Es existierten Fotos von jenem

Sommer, und für eine Weile fand ich Gefallen daran, mich anzuschauen, das offene Gesicht, das volle, gesunde Haar, die Haltung, den Ausdruck einer Person, die Selbstsicherheit ausstrahlt. Im Laufe der Zeit dann wurden mir die Fotos verhaßt, waren eine sinnlose Erinnerung an die Tage, an die ich mich nicht erinnern durfte, und ich zerriß sie voller Empörung und Traurigkeit.

Im Frühjahr darauf kam Paolo zur Welt. Was soll ich sagen? Nichts, nur daß er schön war, nicht weinte, mir ähnlich war, daß er fast von Anfang an meine Haare hatte, dichte, starke Haare: eine Pferdemähne, wie Giovanni in den allerersten Jahren, als er mich noch wahrnahm, einmal geschwärmt hatte. Und daß außer mir auch Fabrizio und Annamaria glücklich waren.

Jene Person habe ich höchstens zwei- oder dreimal wiedergesehen, und die Begegnungen verliefen freundlich und unpersönlich, wie es unter Verwandten, die sich nicht allzu häufig sehen, angemessen ist. Dabei wartete ich immer darauf, daß er nach einer Gelegenheit suchte, um mit mir unter vier Augen ein paar Worte zu wechseln, ein Zeichen des Einvernehmens zu geben. Er jedoch war offensichtlich bemüht, diesem Moment auszuweichen. Als er einige Tage vor Weihnachten zu Besuch kam, hatte er Mühe, zu lächeln und so zu tun, als sei nichts. Überraschung und Schrecken standen ihm ins Gesicht geschrieben, als ich mit einem dicken Bauch im fünften Schwangerschaftsmonat auf ihn zuging. Ich hatte mich wohlweislich gehütet, ihm etwas zu sagen, und damit gerechnet, daß er überrascht war, nicht aber mit diesem Entsetzen, das mir die letzte Hoffnung nahm, ohne daß ich wußte, worin diese Hoffnung überhaupt bestand.

Giovanni hatte begonnen mich zu quälen, kaum hatte er von den Neuigkeiten erfahren. Es geschah spät, denn bereits damals hatte er es sich zur Gewohnheit gemacht, mir wenig Beachtung zu schenken. Nicht etwa aus Eifersucht peinigte er mich, nein, er war viel zu phlegmatisch, viel zu sehr mit sich selbst beschäftigt, als daß er hätte eifersüchtig sein können. Er war entrüstet, weil es ein Verwandter von ihm war, wegen »meiner Umtriebe« in seinem Haus, wie er die Frechheit hatte, zu mir zu sagen, und doppelt ärgerte es ihn, weil er keine vollständige Gewißheit hatte. Und um etwas in Erfahrung zu bringen, provozierte er mich systematisch und ununterbrochen.

Aus meinem Mund erfuhr er nichts, aber als das Kind geboren wurde, hatte er bereits beschlossen, ihm nur eine Art Onkel zu sein. Und wie ein fernstehender Onkel, der oft gleichgültig war, nicht wie der Herzensonkel und schon gar nicht wie der Onkel aus Amerika verhielt er sich dem Knaben gegenüber. Großes Unrecht tat er ihm nicht an, wohl eher aus Trägheit als aus Respekt und Zuneigung; echte Ungerechtigkeiten hätten Paolo vielleicht bessergetan als die gelangweilte Zerstreutheit, die er ihm gegenüber an den Tag legte.

Und der leibliche Vater ließ es sich nicht im Traum einfallen, Giovanni in puncto väterliche Gefühle zu ersetzen. Er hatte einen schweren Stand, das weiß ich, aber mit zärtlichen Gesten, und wären sie stillschweigend und nur gelegentlich zum Ausdruck gekommen, hätte alles anders sein können: Paolos Leben und ein wenig auch meines, obgleich ich außen vor stand und für mich nichts wollte. Wenn er dem Jungen nur ein winziges Zeichen von Anhänglichkeit zugestanden hätte, wäre ich als Frau weniger verbittert, weniger nachtragend gewesen und als Mutter vielleicht auch weniger besorgt. Gern hätte ich ihm das eisige Desinteresse verziehen, das sich hinter seinem falschen Lächeln versteckte, das totale Vergessen jeder in der Vergangenheit ausgetauschten Zärtlichkeit ebenso wie den Abstand, den er auch in physischer Hinsicht auf immer zwischen uns legte und mir damit das unerträgliche Gefühl vermittelte, ihm zuwider zu sein.

Ich habe nie aufgehört, einen Groll gegen ihn zu nähren. Ich war besonders verärgert, als er sich dann als verheirateter Mann ohne Kinder dazu hergab, für irgendwelche Neffen und Nichten aus der ferneren Verwandtschaft seiner Frau den Onkel zu spielen. Und heute soll er, wie mir berichtet wird, sogar ein eifriger und liebevoller Opa für den Nachwuchs dieser Neffen sein. Manchmal stelle ich mir vor, ihm zu begegnen und ihn wie einen etwas lästigen Unbekannten zu behandeln, mit Ungeduld, so wie man jemandem begegnet, den man sich vom Hals schaffen will. Immer vorausgesetzt, daß ich ihn überhaupt noch erkennen würde.

Ich habe das Geheimnis gehütet. Gewissermaßen bis jetzt. Es ist nicht schwierig gewesen, denn ich hatte ja niemanden, dem ich mich hätte anvertrauen können, niemanden, dem diese Angelegenheit wirklich zu Herzen gegangen wäre. Kurz nach der Geburt des Kindes nutzte Giovanni die Gelegenheit und verzog sich ins obere Stockwerk, wo er fortan lebte. »Für eine gewisse Zeit, um Klarheit zu schaffen.«

Er wollte mir zu verstehen geben, daß ich diejenige wäre, über die es Klarheit zu schaffen galt. In Wirklichkeit war dies der Vorwand, nach dem er seit längerem gesucht hatte, um in Ruhe seine Studentinnen empfangen zu können. Mit so vielen hatte er es im Laufe der Jahre zu tun, daß es Probleme an der Universität gab, denn die meisten dieser Mädchen waren nach damaliger Gesetzgebung noch minderjährig. Er wurde gezwungen, in Frührente zu gehen, doch seine

Lebensführung änderte er nicht. In der Folgezeit sorgte eine gute Seele dafür, daß es die Kinder erfuhren, zumindest Fabrizio und Annamaria; ich überraschte sie einmal, wie sie darüber sprachen. Wahrscheinlich aber wurde auch Paolo nicht verschont.

Unterdessen war ich, waren wir, im Untergeschoß dazu verurteilt, das Kommen und Gehen, manchmal auch das laute Durcheinander und die Stimmen von Frauen über unseren Köpfen anzuhören. Bis zu uns drangen die erstickten Ausrufe, die Wortechos, die Fetzen erregter Gespräche, hin und wieder ein kleiner Schrei oder die Ahnung eines Lachens, eines Weinens hinunter. Ich hatte mir strengstens untersagt zuzuhören, doch hin und wieder ertappte ich mich dabei, wie ich mich bemühte, mehr als nur verstümmelte Sätze aufzuschnappen; und vor mir noch taten es die Kinder.

Gewissensbisse habe ich keine, kann ich nicht haben, wieso sollte ich mich grämen wegen der Dinge, die ich in jenem Sommer gemacht habe, denen ich jahrelang nur nachtrauern konnte? Giovanni hat mich davor und danach dreißig Jahre lang mit Gleichgültigkeit bestraft, was eine unverhältnismäßige Straflänge ist für ein Vergehen, das nur einen knappen Monat währte.

Besonders vor Paolo habe ich mein Geheimnis gehütet. Ich war darauf bedacht, nichts durch Worte oder durch Mimik oder Seufzer zu verraten. Und soweit ich weiß, hat nicht einmal Giovanni etwas verlauten lassen, bestimmt nicht aus Rücksicht auf mich, und auch nicht aus Mitleid mit dem Jungen: Vielleicht wollte er ganz einfach seine Autorität über ihn nicht verlieren.

Jetzt aber bin ich nicht mehr die von einst, ich bin alt, das Gedächtnis läßt nach, und überhaupt bin ich ein wenig angeknackst. Annamaria gegenüber habe ich wohl etwas angedeutet, aus Schwäche, um mich nicht so einsam zu fühlen, und – welch schreckliche Dummheit – um die schöne Erinnerung an etwas wiederzubeleben, das zwar Ewigkeiten zurückliegt, mir aber wie die letzte gute Erinnerung meines Lebens vorkommt. Es geschah vor ein paar Monaten, in einem Augenblick der Niedergeschlagenheit, bevor Paolo wegging.

Sie, Annamaria, ist ständig hier und schnüffelt wie ein neugieriges Kind in meinen Sachen herum, durchwühlt meine Schubladen. Früher hätte sie das nie gewagt, und es stört mich, daß sie es heute tut. Aber was soll ich machen? Ich habe ja gesagt, daß ich nachgelassen habe. Beim Herumwühlen findet sie eines Tages unten in einem Karton ein zerknittertes Foto von jener Person. Aus jenem Sommer? Aus einer anderen Zeit? Ich weiß es nicht. Vor allem ist mir rätselhaft, wie die Aufnahme damals meiner wütenden Vernichtungsaktion entgangen sein kann. Ich kenne das Bild nicht, habe es nicht gemacht, es ist mir fremd, so wie mir auch die Person, die darauf abgebildet ist, zu meinem Leidwesen fremd geworden ist. Seinen schönen Namen habe ich stets auszusprechen vermieden, aus Angst, mich zu verraten.

»Wer ist das?« will das Mädchen wissen.

»Ich sehe nicht richtig, gib mir die Brille.«

»Er ähnelt Paolo«, fügt Annamaria hinzu und trifft mich unvorbereitet.

Ich brauche eine Ewigkeit, viel zu lange, um ihr zu antworten, während ich umständlich mit der Brille hantiere: »Selbstverständlich hat er Familienähnlichkeit, er ist ein Onkel von euch, ein entfernter Cousin von Papa.« Und beim Sprechen ist meine Stimme, wer weiß, warum, brüchig geworden, als wäre ich gerührt, als gäbe es etwas, was mich in Rührung versetzen könnte. Und meine Tochter hat leider bewiesen, weniger dumm zu sein, als ich sie eingeschätzt hatte.

Aus dem, was sie begriffen hat, versuchte sie umgehend, Kapital zu schlagen, und begann mit dem Kampf um den Schreibtisch. Tag für Tag ging ein Trommelfeuer auf mich nieder, als wäre der Schreibtisch ein Machtsymbol, das ihr zu Unrecht entwendet worden war. Sie wollte das Möbel für sich, für ihre Kinder. Das war natürlich eine Lüge, denn jetzt, da sie nicht mehr so jung ist, hat sie plötzlich die Manie mit dem Geld bekommen. Sie wollte den Schreibtisch, um ihn zu versetzen. Mit Händen und Füßen habe ich mich dagegen gewehrt, habe mich stumm gestellt, blieb taub gegen ihre Angriffe. Schließlich hat sie mich herumgekriegt und hat gewonnen, ein Doppelsieg war das. Durch die Erlaubnis, sich Giovannis Schreibtisch aus Paolos Wohnung zu holen, habe ich ihr de facto die Gewißheit über das verschafft, was sie zuvor nur erahnt hatte.

Grausam, wie eine Furie war Annamaria, als sie sich in Windeseile des Möbelstücks bemächtigte. Sie hat es eingefordert, als wäre es eine Investitur, die Erlösung aus wer weiß welchem Elend. Ein Triumph über mich, ein Ersatz für etwas, was sie glaubt nicht gehabt zu haben. Als wüßte sie nicht, daß dieses Haus, mein Haus, der Garten und ein Großteil von den übriggebliebenen Feldern sowieso und vermutlich in nicht allzu langer Zeit ihr gehören werden, beziehungsweise ihr bereits gehören.

Darüber wird Fabrizio in Rage kommen, denn er glaubt, daß alles an ihn gehen wird. Aber zum Glück wird er es erst erfahren, wenn ich nicht mehr bin. Außerdem besitzt er ja nicht nur das Geld seiner Frau, sondern er kriegt auch etwas von den Feldern, die Wohnung, in der er jetzt wohnt, und Giovannis Bücher. Ich weiß, daß ihm dieses Haus sehr ans Herz gewachsen ist, daß er sich vorstellte, es werde einst ihm gehören, aber Annamaria hat mehr Bedarf. Außerdem ist sie seit Jahren ständig hier und immer zur Stelle, wenn man sie braucht: Sie kümmert sich um mich, pflegt mich, fast immer gehorcht sie mir, sie ist ein wenig anstrengend, das ja, und jetzt auch besitzgierig. Dennoch ist sie ein gutes Mädchen, das kann ich nicht anders sagen, sie ist treu, gewissenhaft und scheut keine Anstrengung.

Paolo werde ich es erklären, sobald ich ihn wiedersehe. Er wird nicht zornig werden, ich kenne ihn. Er wird sagen, daß ich es richtig gemacht habe, daß man Annamaria helfen muß, daß er der Jüngste ist und sowieso nichts braucht. Selbst wenn er enttäuscht und verstimmt ist, was verständlich wäre, wird er mir das nicht zeigen und mir keine Vorhaltungen machen. Ich weiß sehr wohl, daß zwischen uns beiden vor langer Zeit ausgemacht wurde, daß er eines Tages das Haus bekäme, doch damals dachte ich nicht, daß sich Annamaria eines Tages in einer so mißlichen Lage befinden würde. Damals hatte sie noch ihren Ehemann, der zwar nur ein mittelmäßiges Einkommen hatte, aber ein Arbeitstier war. Während Paolo, Gott sei gedankt, ein solider, ruhiger Typ ist, mit oder ohne Beatrice, besser natürlich ohne.

Als Ausgleich habe ich festgelegt, daß die Einrichtung der zwei Stockwerke, die Möbel, die Teppiche, die Gemälde, das Silber, unter den Brüdern aufgeteilt wird. Ich werde das durchsetzen, auch wenn Annamaria jetzt schon jammert, daß ihr nichts anderes übrigbleiben wird, als ein so großes Haus zu verkaufen, wenn es einmal leergeräumt ist. Das sagt sie, um mich zu kränken, denn sie weiß, wie sehr ich gekämpft habe, damit genau das vermieden wird. Ich verspreche ihr also, daß sie auch den Schmuck bekommt, den sie verkaufen kann, wenn sie es für nötig hält, um den Rest zu retten. Sie denkt darüber nach, läßt mich in dem Glauben, daß sie mit Hilfe des Schmucks das Menschenmögliche machen wird. Aber ich bin mir sicher, daß das nicht stimmt.

Wer weiß, was Paolo über den plötzlichen Ansturm auf den Schreibtisch gedacht hat. Eine Weile hat er versucht, so gut er konnte, sich zu wehren, und zwar durch simple Verzögerungstaktik: Er hat dieses Möbel immer schon geliebt und bewundert, und ich habe es ihm nach Giovannis Tod zukommen lassen. Plötzlich, mit einem Schlag, wenn man sich Annamaria fügt, soll er von dem Schreibtisch lassen, als wäre es ihm gleichgültig, was daraus wird, als wäre er einfach nicht mehr daran interessiert. »Tu, was du denkst«, hatte er zu Annamaria gesagt. »Komm ruhig her und hol ihn dir ab, wenn du willst.«

Er wird sich gedacht haben, wenn ich, seine Mutter, eine solche Ungerechtigkeit zugelassen habe, ist es ein Zeichen, daß es sich trotz allem und in Wahrheit um keine Ungerechtigkeit handelt. Es ist anzunehmen, daß er jetzt weiß, daß ich mich hab überrumpeln lassen, aber ich habe keine Möglichkeit, ihn danach zu fragen. Er muß zurückkehren, ich muß mit ihm sprechen, er kann nicht mutterseelenallein wegbleiben mit einer solchen Bürde, die auf ihm lastet. Er muß sich melden, ich muß es ihm erklären, und zwar bald, bevor Annamaria mich mit ihrem unsäglichen Geschwätz vollends verrückt gemacht hat. Ich werde nicht zulassen, daß ein dummer Schreibtisch unser Leben aus den Angeln hebt.

Diese Zeilen schreibe ich für mich. Für wen sonst sollte ich sie schreiben? Ich bin allein und flüchte mich ins Büro, um nicht in meiner trostlosen, fast leeren Wohnung sein zu müssen. Ich schreibe, nicht so sehr um Zeichen aufs Papier zu bringen, als vielmehr um mir selbst Klarheit zu verschaffen, um eine Bilanz zu ziehen und um heute abend eine Entscheidung zu treffen. Mache ich weiter, oder gehe ich zurück? Die leeren Zimmer, die mich erwarten, sagen mir, daß zurückkehren schwierig sein wird, denn ein normales Leben gibt es nicht mehr.

Auch hier fühle ich mich natürlich allein, doch zumindest stehen hier noch die Schreibtische, die Lampen, und am Ende des Korridors höre ich noch Stimmengemurmel. Bei mir zu Hause ist nichts mehr. Ich habe nur das Nötigste behalten, um Fragen zu vermeiden. Was man verkaufen konnte, habe ich verkauft, Möbel, Bilder, Lampen, Silberwaren, die Stereoanlage. Nur den Schreibtisch nicht, der gehört mir nicht mehr. Ich habe ihn verloren, wie ich nach und nach alle und alles verloren habe.

Von meinem Vater habe ich immer wenig gehabt. Doch verehrt und liebt man einen Vater deshalb weniger, weil man ihn selten sieht? Am Abend ging ich zu ihm hinauf, zu einer Stunde, da man ihn am ehesten alleine antreffen konnte, und es gefiel mir, ihn zu überraschen, wie er am Schreibtisch saß, über etwas gebeugt, das er schrieb oder las; er war so sehr bei der Sache wie ein fleißiger Knabe, genau wie ich einer war, als ich lernte. Er merkte nicht gleich, daß ich ihn beobachtete, ich sah zu, wie er sich mit der Hand über Hals und Nacken strich, sein Profil verriet, daß er in Gedanken verloren war. Die Lippen bewegten sich langsam, formten stumme Wörter und Sätze. Und er war nie unzufrieden, wenn er mich entdeckte. So habe ich ihn im Geiste vor mir, vielleicht weil ich auf dieselbe Weise las, nämlich stumme Worte formend.

Der Vater ist verschwunden. Er ist nicht nur gestorben, was ein unausweichliches Ereignis ist, das man akzeptiert, für das die Erinnerung einen Trost bietet, sondern er ist richtiggehend verschwunden, wie vom Erdboden verschluckt, als hätte er nie existiert. Die anderen hatten schon früher mit dem Verschwinden begonnen, wie Menschen, die sich mit einem Boot entfernen und sagen, sie wollen eine Rundfahrt machen, und nie zurückkehren, sondern in einiger Entfernung vor Anker gehen. An meinen Bruder habe ich fast keine Erinnerung, nur daß er immer gegen mich war, daran erinnere ich mich, immer dachte er, daß ich mehr bekommen hätte als er, aber ich weiß nicht, was. Nach und nach wurde er mir gegenüber immer kühler, fremder, darauf bedacht, daß ich ihm und seiner Familie nicht zu nahe trete, als wäre ich und nicht er der Dieb, der mir einmal etwas entwendet hat, wenn es auch kein Geld war.

Meine Schwester ist das ganze Gegenteil. Seit sie Witwe ist, ruft sie mich fast jeden Tag an und bittet mich um einen Rat, um Hilfe, auch konkreter Art. Ich bin Junggeselle, habe keine Probleme, und deshalb kann ich Hilfestellung leisten, denkt sie. Sie ist völlig egozentrisch und hat keine Ahnung mehr, wer ich eigentlich bin. Und zugleich – ohne mein Wissen, so glaubt sie – übt sie Druck auf die Mama aus, damit die ihr alles gibt und sie als Alleinerbin einsetzt.

Folglich ist selbst die Mama auf einem Schiff auf hoher See, auch wenn sie mich am Telefon noch immer mit schönen Worten beglückt, von Zeit zu Zeit, doch immer weniger. Ich lausche ihren Worten wie dem Geräusch eines Räderwerks, das seit Urzeiten funktioniert und aus reiner Gewohnheit weiterhin funktioniert, doch in nicht allzu langer Zeit zum Stillstand kommen wird. Aber darf ein Mann in meinem Alter eigentlich liebevolle Zuwendung einfordern? Vielleicht hatte die Mama mich verwöhnt mit ihrem ständigen Für-mich-Dasein und Mich-Beschützen, mit ihrer unverwüstlichen und stolzen Begeisterung für mich, wie ein junges Mädchen es für sein Baby hat, das in seinen Augen mehr als großartig ist. Jetzt hat sie sich anderem zugewandt, das ist normal, doch ohne ihr Vertrauen und ihre bedingungslose Wertschätzung fühle ich mich nicht lebensfähig.

Alle habe ich mit zu großen und zu teuren Geschenken

überhäuft. Ich liebe es, Geschenke zu machen, und ja, ich hoffte auch, sie für mich zu gewinnen. Außer zu den verschiedenen Festen, habe ich ihnen bei jedem Besuch und besonders dann, wenn es nichts zu feiern gab und so die Überraschung und die Dankbarkeit um so größer waren, ein Geschenk gemacht. Doch sie hielten stand und ließen sich nicht bestechen. Schlimmer noch, sie haben sich daran gewöhnt. Deshalb waren sie auch eher verdutzt, wenn ich äußerst selten einmal mit leeren Händen ankam. Die Neffen bedankten sich mittlerweile nicht einmal mehr, die Geschwister ließen gedämpfte Kritik laut werden: Ich wolle sie nur erniedrigen mit meinen üppigen Geschenken, die ich nicht mit dem Herzen für sie ausgesucht, sondern nur mit sehr viel Geld gekauft hätte. Die Mama hat meine Geschenke immer mit der stillen, glückstrahlenden Gleichgültigkeit alter Leute entgegengenommen, die keinen Platz für neue Dinge in ihrem Leben haben.

Du, Beatrice, könntest mir eigentlich Trost sein, du, die du mich und meine Geschenke willst. Jedoch habe ich immer den Eindruck, daß du, wenn du mich ansiehst, eigentlich einem anderen in die Augen siehst, der in meiner Nähe oder vielleicht hinter mir steht, und glaubst, daß ich das bin. Du sprichst mit mir, du berührst mich, du küßt mich und stellst dir dabei einen anderen vor. Vielleicht mit zu wenig Nachdruck habe ich versucht, dir ein Zeichen zu geben, doch da ist nichts zu machen, du hörst nicht zu, du lachst und triffst deine Entscheidun-

gen. Jetzt hast du beschlossen, daß wir heiraten. Doch ich weiß, der eigentliche Grund hierfür ist nur der: Die kleine Brautfigur auf der Hochzeitstorte will nicht alleine stehen. Auf dem Sahnemonument deines Lebens muß sich ein richtiges Paar drehen, sie in Weiß, er mit schwarzem Zylinder. Und ich habe einfach keine Lust, mit dir dort oben die schönen Statuen zu spielen. Ich wäre auch dort allein.

Hin und wieder, wenn die Einsamkeit hier in der Stadt schwer auf mir lastete, kehrte ich in das Haus, in dem ich geboren bin, zurück und bildete mir in meinem kindlichen Gemüt ein, daß ich mich an diesem Ort in Sicherheit wiegen, daß meine Feindin mich hier nicht erreichen kann. Doch jedesmal wurde mir bewußt, daß die Einsamkeit schon vor meinem Eintreffen dort war und mich in dem altertümlichen, plumpen Mobiliar meines Jugendzimmers, im Schatten der Korridore, in der Stille der ungenutzten Räume, im fortschreitenden Verfall der Wände erwartete. Und in der zunehmenden Entfernung von meiner Mutter, die vom Alter und von der Erschöpfung herrührt, aber auch von der Tatsache, daß nicht einmal sie mehr weiß, wer ich bin. Wo ich also zumindest die Stimmen der Vergangenheit zusammen mit den hinfälligen Sicherheiten von einst zu finden glaube, stehe ich wieder einmal vor dem Nichts, und niemand wünscht tatsächlich etwas über mich zu erfahren. Fast immer bin ich vorzeitig und überstürzt mit einem x-beliebigen Vorwand von dort aufgebrochen.

Die Bilanz der Gefühle ist negativ, aber auch die des Geldes sieht schlecht aus. Ich kann meine Wohnung nicht mehr halten, die Miete hat sich fast verdoppelt. Ich könnte mich wehren, auf meinen Rechten bestehen, die Räumungsklagen abwarten, aber ich hasse es, mich querzustellen, lästig zu werden, aufzufallen, gegen den Strom zu schwimmen. Ich könnte in irgendeine Vorstadtbude ziehen, aber ich habe keine Lust dazu. Ich könnte bei Beatrice wohnen, aber wie käme ich da jemals wieder raus? Mit voller Absicht hatte ich es eilig, mich von allen Dingen zu befreien: Ich wollte mich zur Entscheidung zwingen.

Mit dem Ausverkauf habe ich nur begonnen, um meine Schulden zu begleichen, die ich trotz soliden Lebenswandels über die Jahre hin angehäuft hatte. Der einzige Luxus, den ich mir geleistet habe, sind von Hand genähte Schuhe und Schneiderhemden, Geschenke für alle und hin und wieder ein Kartenspiel. Anfangs habe ich viel gewonnen, deshalb habe ich weitergespielt und gehofft, daß es wie zuvor laufen würde, nur daß dem nicht so war, wer weiß, warum. Ich fing immer wieder von vorn an und kam zwangsläufig mit einer neuen Verschuldung heim. Zuerst habe ich Beatrice um Hilfe gebeten – aus diesem Grund kann ich ihr heute auch nichts abschlagen –, dann habe ich mich an einen Wucherer gewandt.

Auch die Arbeit läuft aus: Die aktuelle Arbeitsstelle ist nur befristet, und die Abfindungen der vorigen habe ich umgehend ausgegeben, ich weiß nicht einmal, wie. Beruf-

lich bin ich immer mehr abgerutscht, anstatt aufzusteigen. Ich hatte einen recht guten Start und nährte meine eigenen und, mehr noch, die Hoffnungen der anderen in meiner Nähe. Doch das währte nicht lange, mehrfach habe ich die Stelle gewechselt, und jedesmal stieg ich eine Stufe tiefer hinab. An lobenden Worten voller Hochachtung und Wertschätzung hat es nicht gemangelt, doch dann gab es immer etwas, was nicht ging, was ich nicht besaß, wofür ich nicht geeignet war. Oder wie jetzt gibt es Probleme, die nichts mit mir zu tun haben, das zumindest wird behauptet.

Für einige Zeit noch könnte ich die Mühe auf mich nehmen und zwei verschiedene Männer in einem sein: für die anderen der selbstsichere, starke, ruhige Typ, der perfekt im Leben zurechtkommt, und in meinem Innern der erschöpfte, ängstliche Verlierer. Doch da ist das banale, stinknormale Problem mit dem Geld, das mir im Nacken sitzt. Das bißchen, was noch auf der Bank ist, habe ich nur aus Taktgefühl stehenlassen: Ich hoffe, sie geben es Beatrice, die von allen die Person ist, der ich am meisten geschadet habe, weil ich zugelassen habe, daß sie sich an einen Mann bindet, der ich in Wirklichkeit nicht bin.

Wäre ich ein anderer, bräuchte ich mich nur an meine Familie zu wenden. Doch den Schmuck, die Gemälde, ein Stück Land für meine schönen Schuhe, die maßgeschneiderten Hemden, meine Geschenke für alle, mein Kartenspielen zu verkaufen, das wäre skandalös, und ich würde mich allzusehr schämen.

Ich stecke diesen Brief in ein Kuvert, auf dem mein Name steht, denn ich habe nur an mich geschrieben. Ich lege es zwischen die Vorgänge, die im nächsten Halbjahr fällig werden. Und das erscheint fast wie ein Spiel.

Paolo

(Dieser Brief wurde vier Monate und zehn Tage nach Paolos Verschwinden von einer Kollegin gefunden.)